셜록 :케이스북
SHERLOCK

가이 애덤스 엮음 | 하현길 옮김

BBC

비채

셜록,
다시 태어난 탐정

기차, 좋아하시는지? 저마다 다양한 의견을 내놓겠지만, 좋아한다는 점에선 아마도 이견이 없을 것이다. 객차에서 판매하는 변변찮은 홍차며, 서서히 앞으로 나아가는 타성에 우리의 두뇌가 민감하게 반응해서인지도 모른다. 셜록에 대한 아이디어가 번뜩 떠오른 것도 카디프와 런던 사이를 달리는 기차 안에서였다. 덕택에 추진력을 얻은 스티븐 모팻과 마크 게이티스의 두뇌 역시 힘차게 활동하고 있었다.

두 사람은 당시 상당한 성공을 거두고 있던 〈닥터 후〉의 제작사무실을 오가던 중이었다. 두 사람 모두 작품의 대본을 작성하는 데 기여했다. 마크는 그중 한 편에 출연하기도 했는데, 나이 든 과학자로 나왔다가 다시 젊어지고 돌연변이가 되었다가 결국 서더크 대성당에 내동댕이쳐지는 역이었다.* 스티븐은 2009년부터 세세한 일은 그만두자고 마음먹고 제작총지휘와 메인작가로 활약하고 있다. 마크는 지금도 대본을 쓴다. 물론, 이 모든 것에 수많은 기차 여행이 포함되어 있다.

그리고 수많은 생각들과
멋진 아이디어들도.

아서 코난 도일의 '셜록 홈스'를 현대의 탐정으로 다시 만들어내자는 발상은 일종의 두뇌훈련처럼 시작되었다.

스티븐 모팻

마크 게이티스

마크는 이렇게 이야기했다. "어떤 프로젝트를 하고 싶은지에 대해 끝없이 이야기하곤 했습니다. 하지만 결국 화제에 오르는 건 늘 셜록 홈스였죠."

그들이 이야기한 '셜록 홈스'는 역사를 박차고 나와 현실 한복판에 굳건하게 자리 잡고 있는 셜록 홈스였다.

마크는 1939년부터 1946년까지 래스본이 셜록 홈스로 출연한 일련의 영화들을 이야기했다. "바실 래스본Basil Rathbone이 홈스로 분한 작품들을 둘 다 남몰래 좋아해왔다는 사실을 우연히 알게 되었습니다. 특히 현대를 배경으로 제작된 것들 말이죠. (홈스로 열연한 래스본에 대한 더 자세한 사항은 136페이지 '특이한 사냥모자'를 참조) 장난스럽게 접근한 B급 영화들이 다른 어떤 해석보다 도일의 원래 의도에 가깝다는 생각이 들었습니다. 도일이 자신이 창조한 탐정에게 가벼운 태도로 일관했기에 이런 저속한 영화들도 설 자리가 있지 않았나 싶었죠."

도일의 모험담을 스크린으로 옮긴 수많은 작품들이 믿기 힘들 정도로 진지하고 공손하게 저자의 의도를 그대로 반영하고 있는데, 이럴 경우 영화의 시각이 극히 제한된다는 문제점이 존재한다. 좋은 아이디어와 위대한 출연자들이라면 작품에 몰입하여 맘껏 즐겨야 한다. 비굴하게 원작을 재생산하는 대신 말이다.

스티븐과 마크는 셜록 홈스 프로젝트에 매혹되었지만 아이디어를 시리즈로 발전시키기까지는 오랜 시간이 걸렸다. 결국 스티븐의 아내이자 하츠우드 필름Hartswood Films의 프로듀서인 수 버츄의 참여와 격려에 힘입어 아이디어에 머무르던 그들의 프로젝트를 적극적으로 추진

---

* 〈닥터 후〉 3시즌 제6화 'The Lazarus Experiment'

할 수 있었다. 긴 여행을 위한 계기가 마련된 것이다.

"아내와 대화하다가 셜록 홈스를 슬쩍 언급하긴 했지만 결코 뭘 어쩌자고 주장하진 않았어요. 그저 틈만 나면 이 건에 관해 이야기했고, 언젠가 누군가 이 프로젝트를 실현하면 짜증 좀 나겠지? 하고 말하니까, 아내가 재치 있게 대답하더라고요. 당신이 하면 되지 뭘 그래요?"

마크가 이어받았다. "그때까지만 해도 적극적으로 영업에 나서는 듯한 기분은 아니었어요. 게다가 당시 우리두 사람은 최고로 잘나가는 TV 프로그램을 맡고 있었으니까요! 우리가 〈셜록〉을 실제로 만들 수 있을 거라는 생각조차 들지 않았죠. 이렇게 오랫동안 셜록에 대해 이야기했으니 어쩌면 지금이 아니라 몇 년 전에 만들었을 수도 있었을 것 같아요."

"우리가 셜록 프로젝트에 곧바로 뛰어들어 전력을 다했다면 그때도 괜찮았을걸요? 우릴 막을 사람이 없었겠죠. 그게 나만의 착각인지 아닌지는 시도해보기 전에는 알 수 없는 일이니까요."

오늘날 되살아난 셜록 홈스가 발붙일 자리가 정말 있을까? 이미 수많은 경찰 드라마로 차고 넘치는 TV의 어느 곳에 정착할 수 있을까? 스티븐은 이렇게 말했다.

"맞습니다. 도일은 셜록 홈스라는 걸출한 인물은 물론홈스가 행한 법의학적 절차를 제시함으로써 사실상의 CSI를 만들어냈어요. 따라서 홈스의 방법이 일반화된 오늘날, 어떻게 해야 홈스가 돋보일 것인가가 문제였죠. 하지만 이렇게 간단하게 결론이 나더군요. 홈스가 지금도 이 분야에서 가장 현명한 사람이라는 것. 그는 여전히 천재라는 것."

스티븐의 아내는 셜록 프로젝트에 대해 정말 좋은 아이디어라고 생각했다고.

"그게 좋은 아이디어라고 생각하지 않는 사람에게는 절대로! 말을 꺼내지도 않았습니다. 그런데 아내가 좋아한다는 게 정말 흥미로웠죠. 전혀 기대하지 않았거든요. 바로 그게 셜록이 '대박'을 낼 거란 첫 번째 단서였어요. 셜록 홈스를 한 번도 읽어본 적이 없는 여자가, 사실 셜록홈스에 전혀 관심이 없었던 여자가 '정말 좋은 아이디어야!' 하며 힘을 실어줬으니까요. 아내는 얼른 앉아 작품을 구성하라고 우리 두 사람을 들들 볶아댔어요."

모나코의 몬테카를로에서도 마찬가지였다. 마크는 큰

현대적인 인물로 등장했던 또 한 명의 홈스, 바실 래스본

소리로 웃어넘겼다.

"BBC가 우릴 몬테카를로로 보내 작품을 진전시키라고 했다고 말하는 사람들이 있던데, 시상식에 참석하러 갔을 뿐입니다."

"하지만 어디선가 그 작업을 해야 한다면…."

스티븐이 그곳이 싫지 않았다는 걸 은근히 내비쳤다. 카디프 중앙역 행 9시 45분 기차의 지저분한 창문과 비교하면, 모나코의 목가적인 풍경이 훨씬 우위를 차지하는 건 틀림없는 사실이다. 음식이 더 뛰어난 것은 물론이고. 마크도 동의했다.

"정말이지 멋진 곳이었어요. 아이디어들이 앞다투어 쏟아져 나오기 시작했죠."

"어린 시절, 처음으로 홈스가 나오는 소설을 읽고 느꼈던 감정들을 떠올려보는 일이 당시 우리가 한 작업의 대부분이었습니다. 홈스를 처음 읽고 '오! 이 소설, 꽤나 빅토리아풍인데.' 하고 생각하진 않았거든요. 대신 이렇게 생각했어요. '이 사람, 어떻게 이 모든 추리를 해낸 거지?' 그리고 《주홍색 연구》를 읽었을 때 홈스가 얼마나 불쾌한 사람인가를 깨달았는데, 정말이지 쇼크였어요! 그게 맨 처음으로 접한 셜록 홈스였으니, 저는 셜록 홈스를 바른 순서로 읽은 몇 안 되는 사람들 중 하나였던 거죠. 그때까지 셜록 홈스가 강하고 용감하며 현명한, 제임스 본드 같은 사람일 거라고 생각했거든요.

하지만 홈스는 그렇지 않았죠. 냉정한 데다 온갖 괴기스런 일들은 다 했고, 심지어 마약까지 했잖아요. '뭐야, 이거 진짜 쇼킹해!' 하고 속으로 외쳤죠."

마크가 덧붙였다. "필요한 건 거기 다 있었어요. 지금껏 홈스의 가장 멋들어진 개성이 드러나는 유명한 장면들을 다룬 작품들이 있었지만, 전혀 다루어지지 못한 부분이 있는 것도 사실이죠. 이를테면 〈다섯 개의 오렌지 씨앗〉이 그렇죠. 이 작품이 오늘날엔 별 흥미를 끌지 못하겠지만(독자들이 KKK가 쿠 클럭스 클랜 Ku Klux Klan의 약자임을 모른다는 걸 전제로 할 때), 우편물에 오렌지 씨앗 다섯 개를 넣어 보낸다는 아이디어가 멋질 뿐 아니라 으스스하잖아요? 〈블랙 피터〉도 만만치 않죠. 아침 내내 돼지들을 찌르는 데 사용했던 고래잡이 작살을 들고 들어오는 장면으로 시작되니, 이런 걸 안 써먹을 이유가 있겠어요?"

그렇다. 이런 걸 써먹지 않을 이유가 있을까? 이러한 시작은 마크가 쓴 '배스커빌의 사냥개들'에 그대로 등장한다. 원작을 드러내놓고, 혹은 슬쩍 삽입하는 형태로 작품에 도입한 것들 중 하나이다.

스티븐은 다른 사람들이 의아해하는 부분이 있을까봐 얼른 강조했다. "정말로 이러는 게 좋아서 한 겁니다. 그리고 원작을 인용한 이유는, 그것 자체가 재미있기 때문이고, 좋은 아이디어임에도 지금껏 아무도 손대지 않

아섰죠. 끝내주는 이야기들이잖아요! 들어본 적 없는, 괴기스런 사건들이라니… 기가 막힐 지경이죠! 어느덧 익숙해져 작품을 보면서 무심코 넘겨버리고는 있지만, 감탄이 절로 나올 일이란 말입니다. 그 아이디어들이 너무나 정교하기 때문에 더 나은 형태로 만들 수 없다는 게 아쉬울 뿐이죠. 그리고 거꾸로 홈스가 자신이 언급된 이야기를 검토한다는 아이디어라니! 황홀했죠. 물론 홈스는 이 모든 즐거운 아이디어를 쭉 살펴보고 이렇게 말하겠지만요. '형편없군.'"

이러한 점이 원작의 셜록과 다시 태어난 셜록의 삐딱한 점을 확실히 부각시켰다. 사실, 도일의 작품이 누리는 긴 수명과 인기는 원작의 훌륭함을 제대로 증명하는 지표이기도 하다. 셜록 홈스와 닥터 왓슨은 세상 사람들의 인식에 깊이 각인되었고, 그들의 이야기는 절대 낡는 법이 없다. 베이커 가에 위치한 홈스 박물관에 가보면 알 수 있을 것이다. 다소 지루한 표정(내가 방문한 날에는 그랬다)의 문지기와 파이프를 물고 연구실을 서성이는, 폴란드인임이 분명한 셜록 홈스를 지나치면 셜록 홈스가 실제 인물이라고 믿고 있는 전 세계인이 보낸 편지 다발을 발견하게 된다. 221B라는 가공의 주소를 관할하던, 베이커 가에 지점을 둔 어느 은행은 실존하지 않는 탐정의 우편물만 전적으로 취급하는 비서를 한동안 고용하기도 했다. 도일과 그가 창조한 영웅은 홈스가 등장하는 소설들의 가치를 크게 여기지 않았지만, 역사의 판단은 달랐다. 대중의 취향을 예측하기가 어렵기도 하거니와 행운의 작용도 있겠지만 우리 20세기 초에 활약한 다른 영웅들을 기억 못하는 데는 다 이유가 있다. 리핀스키 Lipsinski 경위를 기억하시는지? 집시 탐정 하갈 스탠리 Hagar Stanley와 호러스 도링턴 Horace Dorrington은? 런던 경시청의 몰리 부인 Lady Molly은 또 어떤가? 모두 사랑받은 작품임에도 우리는 그들을 기억하지 못한다. 한때 사랑받은 아이디어들도 마찬가지이다.

BBC가 프로그램을 만든다는 전제 아래에서 하츠우드 필름은 새로 고안된 등장인물들과 그들이 살고 있는 오늘날의 세상을 소개하기 위해 '분홍색 연구'라는 파일럿 에피소드를 만들었다. 신문과 인터넷은 파일럿 에피소드가 2009년 가을에 방송될 예정이며, 인기를 끌 만한 시리즈라고 발표했다.

베이커 가 221B(실제로는 노스 고워 가)

스티븐 모팻은 언론 공식발표에서 이렇게 말했다. "홈스와 왓슨에 있어서 중요한 것들은 항상 동일합니다. 사실 코난 도일의 원작들은 단 한 번도 프록코트와 가스등을 중요시하지 않았어요. 경탄할 만한 수사와 무시무시한 악당, 피가 얼어붙을 듯한 범죄에 여성들이 크리놀린*을 입던 끔찍한 세계에 관한 이야기가 다였죠. 다른 탐정들은 사건에 연연했지만 셜록 홈스는 모험을 했습니다. 이것이야말로 다른 탐정들과의 차별점이라 할 수 있죠."

바야흐로 셜록의 새로운 첫 모험이 시작되려는 찰나였다. 그런데 시리즈의 아이콘인 탐정으로 누가 적합하지? 마크는 이렇게 말했다.

"베네딕트 컴버배치Benedict Cumberbatch가 유일하게 떠오른 인물이었어요. 그러니 왓슨만 찾아내면 됐는데, 그리 오래 걸리진 않았죠."

"정말 많은 배우들을 검토했어요." 스티븐이 덧붙였다. "일단 베네딕트를 셜록에 낙점하자 '연기를 잘하는 사람'을 뽑으려던 기준이 '누가 베네딕트와 잘 어울릴 것인가'로 바뀌었죠. 베네딕트가 마틴 프리먼의 곁에 서서 연기를 시작하는 순간, '바로 이거야! 우리가 원하던 게 바로 이거였어!' 하는 탄성이 절로 나오더라고요. 두 사람은 단짝처럼 손발이 척척 맞았거든요."

"다른 사람들하고는 화학반응이 아예 일어나지 않거나 전혀 다른 느낌이었어요. 군인의 분위기를 물씬 풍기는 배우도 있었지만, 왓슨은 전투에 앞장서는 종사라기보다는 군의관이었잖아요. 셜록에게 든든한 신뢰를 주는 면도 필요하지만, 자칫 두 사람의 관계가 잘못 설정될 수도 있었죠. 또 다른 콤비도 형성해봤지만 서로 너무 두드러졌어요. 두 명의 셜록 홈스가 있는 것처럼 보이더란 말입니다!" 마크의 말이 이어졌다.

셜록 홈스 이야기의 가장 큰 강점은 두 사람의 가슴속에 위대한 우정이 존재한다는 것이다. 그 우정에 생기를 불어넣을 수 있는 두 명의 배우를 찾아냈으니 시리즈를 완성한 것이나 다름없었다. 그러나 아직 고려해야 할 세부 사항이 하나 남아 있었다. 지나고 나면 사소하고 바보같이 느껴지지만 당시에는 무척 중요한 사항이었다.

스티븐은 고심했다. "두 사람이 서로를 어떻게 불러야할까? 홈스니 왓슨이니 하면서 성姓으로 부르지 않아야한다는 것만큼은 분명했어요."

원작에서 그들은 항상 '홈스'와 '왓슨'으로 서로를 불렀기에 '셜록'과 '존'으로 부르자는 아이디어는 처음에 이상하게만 들렸다.

"익숙해지는 데 시간이 좀 걸리긴 하겠죠. 하지만 다른 대안들을 생각해보니 더 끔찍했습니다. 자칫 잘못했다가는 공립학교에 다니는 촌스러운 소년들처럼 보였을 테니까요."

주연배우들이 자리를 잡으면서 나머지 출연진들의 캐스팅이 이어졌고, 파일럿 에피소드 제작에도 속도가 붙기 시작했다.

촬영의 대부분은 카디프에서 진행하기로 계획되었지만, 불가피하게 며칠 동안은 런던에서 촬영해야 했다. 수도로서의 상징성뿐만 아니라 셜록과 존이 소설 속에서 살고 있던 곳이 베이커 가였기에 필요한 작업이었다.

하지만 현재를 배경으로 새롭게 만들어지는 작품에서 두 사람의 집을 어떻게 표현해야 할까? 스티븐은 이렇게 말한다.

"셜록을 연립주택 같은 세트장을 만들어 살게 할 수는 없습니다. 거기에는 아무것도 없으니까요. 무척 어색하고 바보 같았죠. 셜록이 지금도 베이커 가에, 그것도 오늘날의 베이커 가에 살아야 한다는 게 중요했어요."

플랫의 번지도 분명히 보여야 한다는 데 이견이 없었다(현관문에 위층의 번지를 떡하니 붙이는 건 있을 법하지 않지만. 221이야 그렇다 쳐도 221B라고? 그건 글쎄…). 눈에 잘

제1화의 비하인드 씬

* 치마를 부풀리기 위해 입었던 페티코트

'영화 상영시간'에 준하는 새로운 포맷 때문에 1시간짜리 시리즈에서는 불가능했던 여분의 장면들이 포함되었다

떠는 중앙에 상징적인 번지가 붙어 있는 육중한 검은색 현관은 셜록과 존의 세계로 들어가는 입구가 된다. 비록 베이커 가에 진짜 그런 번지는 없지만 말이다.

"처음에는 실제 베이커 가에서 촬영하려고 했어요. 불가능한 일은 아니었겠지만, 그곳은 너무나 붐비는 데다 '셜록 홈스'라고 적힌 수천 가지 물체를 덮는 게 쉬운 일이 아니라서 포기할 수밖에 없었죠." 마크의 말처럼 〈셜록〉은 베이커 가에서 800여 미터 떨어져 있으며 훨씬 수월하게 찍을 수 있는 노스 고워North Gower 가에서 촬영된다.

마침내 파일럿 에피소드가 완성되어 BBC에 전달됐다. 그러자 〈셜록〉을 90분짜리 세 편으로 된 시리즈로 만들어달라는 오퍼가 곧 들어왔다. 방영되지 않은 파일럿 에피소드는 나중에 '시리즈 1'으로 발매되는 DVD와 블루레이에 특별부록으로 포함될 것이다. 그동안 스티븐과 마크는 갑자기 작품의 특정한 요소를 다시 생각하게 되었다.

"파일럿 에피소드를 찍다 보니 자잘한 것 몇 가지를 변경하고 싶은 생각이 들었어요." 마크의 지적이다. "원고지 위에서는 그럴듯했지만 스크린에서는 효과가 없었던 것들도 바로잡고 싶었고요."

〈셜록〉은 1시간씩 여섯 번 방영되는 시리즈가 아닌, 세 편의 영화와 다름없다. 이렇게 바꾸는 게 좋았을까?

"훨씬 낫다고 생각해요. 이전 작품들과 같은 형태를 취한다면 방영시간이 훨씬 긴 작품에서 시도해볼 수 있는 많은 것들이 희생됐겠죠. 베이커 가에서 크리스마스를 즐기는 장면이 없어진다고 상상해보세요!"

스티븐의 말에 마크도 동의했다. "결국 스케일에 관한 문제죠. 제3화 '잔혹한 게임'에서 원래는 사건들 중 하나가 방송 분량의 전체를 차지하도록 되어 있었는데, '셜록이 그 사건을 1시간이 아니라 단 15분에 해결한다면 얼마나 훌륭할까?'라고 생각해보니 이 작품들의 환상적인 스케일이 확 느껴지더군요."

그리고 2010년 7월 25일, 마침내 우리는 BBC에서 방영된 '분홍색 연구'를 시청하게 되었다.

사건 기록 1-1:

분홍색 연구(A Study in Pink)

이봐, 존
자네가 갖고 있는 게 혹시
스크랩북인가?
아줌마나
사춘기 전 여자애들이나
스크랩북을 만드는 거야.

사업가이자 정치고문인 제프리 패터슨 경이 오늘 아침 변사체로 발견됐다. 경이 어제 오후 회의를 마치고 예정대로 사무실로 돌아오지 않자 실종신고가 이뤄졌고. 결국 시티 지역의 일부 완공된 사무실 단지에서 시신이 발견됐다. 최초의 보도들은 자살을 암시했지만, 경의 아내인 바네사 패터슨은 오늘 이른 아침 언론과의 인터뷰에서 자살 의혹을 강하게 부정했다. "남편은 열심히 살아가는 행복한 사람이었어요. 가족과 일을 정말 사랑했던 사람이 이런 식으로 목숨을 끊었다는 게 그를 알고 있는 모든 사람에게 미스터리이자 충격이죠."

정부 차관, 법석대는 파티 후 자살하다

교통부 차관 베스 데븐포트가 오늘 아침, 스스로 목숨을 끊은 것처럼 보이는 시신으로 발견됐다. 불과 몇 시간 전에 사우스뱅크에서 자신의 생일 축하파티를 벌이며 한껏 기분이 좋았던 상태라서 가족과 친구들은 큰 충격을 받았다. 그녀의 시신은 그레이트 런던의 한 건축 부지에서 발견됐다.

에일린 히키 - 범죄 담당 기자

노어브리지에서 10대 소년 제임스 필리모어의 시신이 발견됐다. 경찰은 자살한 것으로 보고 어떠한 범행 가능성도 배제했지만 가족들은 이의를 제기했다. 제임스의 어머니는 충격을 받고 치료 중이며, 외삼촌은 제임스에 대해 "자살할 이유가 전혀 없고, 의젓하고 사랑스런 아이이다. 자살이란 있을 수 없는 일"이라고 말했다.

제임스를 마지막으로 목격한 사람은 친구 게리 젠킨스였다. 게리는 자신의 심정을 이렇게 표현했다. "충격을 받았고 당황스럽네요. 우린 함께 외출해서 친구들을 만나려고 했어요. 제임스는 우산을 챙기려고 집으로 돌아갔는데 갑자기 자살했다니

DI Les

셜록, 이건 스크랩북이 아니야.
사건들과 관련된 신문기사들을
모은 거지.
상세한 부분을 떠올리는 데
꽤 도움이 된단 말이야.
내가 분명 이걸 책상 서랍에
넣고 잠갔는데...

분홍색 연구

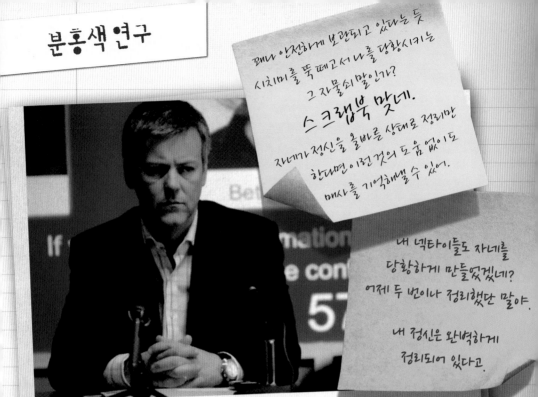

오늘 아침, 레스트레이드 경위는 교통부 차관 베스데븐포트의 사망과 관련하여 기자회견을 가졌다. 수사팀의 일원인 샐리 도노반 경사는 "외견상 자살로 보이는 이 사건은 제프리 패터슨 경과 제임스 필리모어의 죽음과 거의 흡사해 보인다. 이런 관점에서 이들 사건은 서로 관련성이 있는 것으로 다뤄지고 있다."고 확인했다.

도노반 경사는 수사가 진행되는 동안 레스트레이드 경위가 기자들의 질문에 답할 것임을 명확히 했다. 이런 약속에도 불구하고 경찰은 어떤 정보도 얻지 못하는 것처럼 보였다. 일련의 자살들이 어떻게 연관성이 있느냐는 질문을 받았을 때 경위는 이렇게 설명했다. "그들은 모두 똑같은 독물을 먹었어요. 또한 그곳에 있어야 할 이유가 전혀 없는 곳에서 발견됐고, 어느 누구도 이전에는 자살 충동을 드러내지 않았죠." 기자들 중 한 명이 연쇄자살이라는 것도 가능한지 질문하여 그렇지 않아도 혼란에 빠진 경위를 더욱 궁지로 몰아넣었다. 이 질문에 레스트레이드는 아무런 도움도 되지 않는 대답을 내놓았다. "음, 그럴 수도 있죠."

한 걸음 더 나아가 세 명의 사망자들 사이에 관련성이 있느냐는 질문에 대해서는 별로 자신이 없는 태도로 대꾸했다. "아직까지는 찾아낸 게 없지만, 분명히 한 가지는 있을 겁니다." 바로 이런 중요한 순간에 회견에 참석한 모든 사람들은 익명의 발신자로부터 동일한 문자 메시지를 받았다. 메시지는 단 한 단어로 되어 있었지만 레스트레이드 경위의 의견을 정면으로 반박했다. "틀렸어." 이 사태에 당황한 도노반 경사와 레스트레이드 경위는 기자들에게 그 문자를 무시하라고 요청했다.

서둘러 기자회견을 끝마치기 위해 경위는 자살 사건들이 명백하게 연관되어 있고, 가장 뛰어난 형사들을 수사에 투입했다고 선언했다. 바로 그 순간, 의문의 문자 발신자는 똑같은 행동을 되풀이했다.

이전보다 더 혼란에 빠진 회견장에서 레스트레이드는 마지막 질문을 받았다. 외견상 자살로 보이는 이 사건들이 실제로는 살인 사건일 가능성도 있느냐는 질문에 "독약은 스스로 복용한 것입니다." 라며 자신의 주장을 굽히지 않았다. 시민들이 안전하려면 어떻게 해야 하는가 라는 다분히 의도적인 질문에는 경위 자신을 포함한 전반적인 경찰력이 우왕좌왕하며 무능하고 쓸모없는 집단임을 증명하듯 "자살을 하지 말아야죠." 라고 대답했다.

"자살을 하지 말아야죠!"

오늘, 우리나라의 경찰은 지능과 감수성의 부족을 여실히 보여주었다.

전국 주요 언론기관의 기자들은 오늘 아침, 그렉 레스트레이드 경위의 지루한 설명을 듣기 위해 모였다. 경위는 작년의 '호이(Hoey)' 사건에서 수사 능력의 부족을 드러내어 잘 알려진 인물이다. 경위는 최근 계속적으로 벌어지고 있는 '연쇄자살 사건'에 대해 회견을 가졌지만 설득력이 전혀 없었다.

지금 막 들어온 소식에 의하면, 시민들이 안전하게 지내려면 어떻게 해야 하느냐는 질문에 "자살을 하지 말아야죠." 라는 한심한 의견을 내놓기까지 했다. 자신의 직분이 무엇인지도 망각하고 있는 이 사람에게 똑같은 조언을 해주고 싶은 독자들이 많을 것으로 본다. 그런 말을 해주기에 너무 늦긴 했지만…

자네 정신은 쓸 데 없는 정보로 뒤죽박죽이야. 내가 자네 넥타이들을 색상에 따라 정리해놨지. 그걸 그대로 놔두란 말이야.

어제도 분명히 말했지만, 자네의 옷 사이즈를 기억하는 건 '쓸데없는 정보'가 아니라고.

옷이라는 건 몸에 맞기도 하고 맞지 않기도 해. 그런 숫자와 문자를 몽땅 기억하는 게 대체 무슨 의미가 있지?

분홍색 연구

로리스턴 가든스 3번지의 빈집에서
아이들에 의해 발견된 제니퍼 윌슨의 시신.

왼손의 손톱으로 나무 바닥을 긁어 '라체(Rache)'라는
메시지를 남겼다.
앤더슨은 그게 '복수'를 의미하는 독일어 '라허(rache)'일지도
모른다는 의견을 냈다. 셜록은 의견을 달리했다.
'레이첼(Rachel)'이라는 이름을 쓰려고 노력했을
가능성이 더 높다는 것이다.
글자를 쓰기 위해 왼손을 사용했다는 사실로 보아
사망한 여자가 왼손잡이임이 틀림없다고도 밝혔다.

다른 보석들은 모두 깨끗했지만, 그녀의 결혼반지만은
안쪽이 반질반질한 반면에 바깥쪽은 지저분했다. 적어도
10년은 된 반지였다. 셜록은 이 여자가 그 기간 동안
결혼생활이 순탄하지 못했고, 자주 불륜을 저질렀다는
결론을 내렸다. 여자는 자신의 보석에 자부심을 느꼈지만,
자신에게 아무런 의미가 없는 결혼반지에는 소홀할 수밖에
없었다. 반지 안쪽이 여전히 반짝이는 것은 반지를 자주 빼냈
기 때문이다.

입고 있는 옷으로 보아 여자는 전문직에 종사하고 있다.
셜록은 옷 색상이 '눈에 번쩍 띌 만큼' 분홍색인 점에
기초하여 매스컴 관계자라고 추측했다.

오른쪽 발목과 종아리에 흙탕물이 튄 자국은
바퀴 달린 수트케이스를 끌고 있었음을 보여준다.

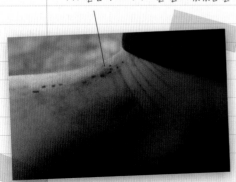

오 마이 갓,
죽은 사람의 사진이 들어 있는
스크랩북이라니!
자네와 상담하는 의사도 분명
내말에 동의할걸.
이 스크랩북이 자네를 어떻게
보이게 만드는지 알고 있나?

여자가 입은 코트의 등 쪽과 옷깃 아래가 젖어 있었다. 빗속에서 옷깃을 세우고 걸었던 것이다. 주머니 속 우산은 조금도 젖지 않았다. 여자가 어디에 있었든 우산을 사용할 수 없을 정도로 바람이 세게 불었을 것이다.

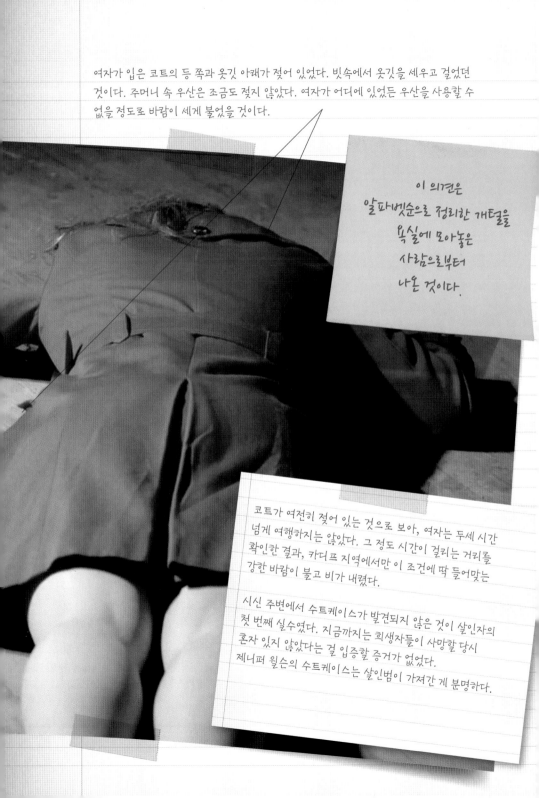

이 의견은
알파벳순으로 정리한 개터를
욕실에 모아놓은
사람으로부터
나온 것이다.

코트가 여전히 젖어 있는 것으로 보아, 여자는 두세 시간 넘게 여행하지는 않았다. 그 정도 시간이 걸리는 거리를 확인한 결과, 카디프 지역에서만 이 조건에 딱 들어맞는 강한 바람이 불고 비가 내렸다.

시신 주변에서 수트케이스가 발견되지 않은 것이 살인자의 첫 번째 실수였다. 지금까지는 희생자들이 사망할 당시 혼자 있지 않았다는 걸 입증할 증거가 없었다. 제니퍼 윌슨의 수트케이스는 살인범이 가져간 게 분명하다.

분홍색 연구

일시: 2011년 1월 28일

사건번호: 1878

법의학 담당관: S. 앤더슨

대상: 제프리 패터슨 경

나이: 52세
머리카락: 엷은 금발/회색
몸무게: 102kg

중독: 중독의 외적인 징후는 거의 보이지 않음. 피부색과 입술의 응고와 탈(脫)산소화의 정도는 제한범위 내에서 정상적으로 보임. 입 주위에서 진한 레몬 냄새가 남. 복부를 절개하자 그 냄새가 한층 더 진하게 풍김. 독물이 서서히 분해되었거나 음식물이 분해 과정을 지연시킨 것으로 보임. 피살자는 독물을 섭취하기 직전에 (포카치아 흰 빵과 고수풀이 듬뿍 들어간) 닭고기 샌드위치를 몇 조각 먹었으며, 탄수화물은 화학약품의 물질대사를 상당히 늦추는 것으로 알려져 있음.

경찰 서류를 슬쩍한 건가?
자네한테도 아직 희망적인
구석이 남아 있군.
물론, 앤더슨이 작성한 서류에는
최대 의심의 여지가 있지만,
주파수 안 맞는 라디오 소음만냥
짜증 나는 녀석이지.

그 사람도 자넬
극구 칭찬하던데?
자네라면 자기
시간을 쪼개어
부검이라도
해줄 태세더라고.

녀석의 메스나
지능이나 둔하기는
마찬가지겠지.

제니퍼 윌슨 ―
07689 154301

셜록은 살인범이 제니퍼 윌슨의 수트케이스를 우발적으로 가져갔을 거라고
확신했다. 그것이 가능한 유일한 경우는 두 사람이 함께 차를 타고 로리스턴
가든스까지 간 다음 그녀가 가방을 차에 두고 내렸을 때뿐이다. 살인범은 자신의
실수를 깨닫자마자 그 가방을 버렸을 것이다. 살인 현장에서
멀리 벗어나지 못했을 무렵, 눈에 확 띄는 분홍색 옷과 같은
색상일 게 분명한 가방이 아직 차에 있음을 깨달았을 것이다.

제니퍼 윌슨의 휴대폰도 사라졌는데, 이것 또한 차에 두고
내린 게 분명했다. 그리고 지금 살인범이 그 휴대폰을
가지고 있을 게 뻔했다. 셜록은 방금 나에게 내 휴대폰으로
문자를 보내라고 시켰다.
이 얼마나 '짜증 나게 멋진' 일인지!

TO: +44772057747

로리스턴 가든스에서
무슨 일이 있었죠?
잠시 정신을 잃었나 봐요.
노섬벌랜드 가 22번지로
꼭 와줘요.

내가 자네를 얼마나
좋아하는지
보여주는 거야.
난 아무한테나
휴대폰을 빌려 쓰는 사람이
아니라고.

내가 이 모든 걸 정리했다니
놀라울 따름이군.
지금까지 언급했던
모든 것들은 그저
아주 잠깐 생각한 것에
불과한데,

그걸 다 적어놓았군.
이건 흡사 속도가
열 배나 느려진
음악을 듣는 것 같아.

이 험한 세상,
평범한 두뇌로 살아가는 게
뭐 그리 놀랍단 말인가?
우리가 같이 살아가는 게
놀라울 뿐.

분홍색 연구

셜록과 나는 노섬벌랜드 가 22번지의 맞은편에 위치한 안젤로의 식당에서 죽치고 기다렸다.

잠시 후, 셜록은 22번지 주변을 슬슬 돌아다니는 택시 한 대를 발견했다. 그는 추격에 나서자고 했다.

하지만 헛수고였다. 얻은 거라곤 잔뜩 겁먹은 미국인 여행객 한 명과 쑥쑥 쑤시는 다리의 통증뿐…

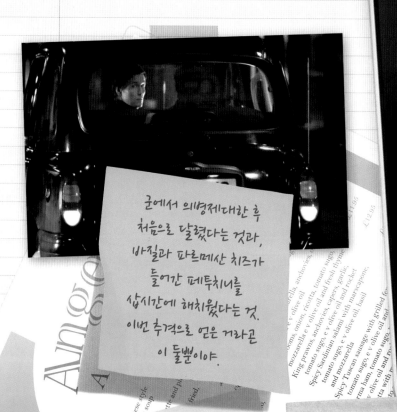

군에서 의병제대한 후 처음으로 달렸다는 것과, 바질과 파르메산 치즈가 들어간 페투치니를 삼시간에 해치웠다는 것. 이번 추격으로 얻은 거라곤 이 둘뿐이야.

정말인가? 내가 보기에자넨 지난 일주일 동안 몸무게가 1파운드는 늘었어. 그리고 그렇게 주구장창 먹더니는…

그건 그렇고, 기분이 상쾌해지는 조깅 시간 아니었나? '블레츨리 독살범' 사건이후 크게 웃어볼 적이 별로 없었거든.

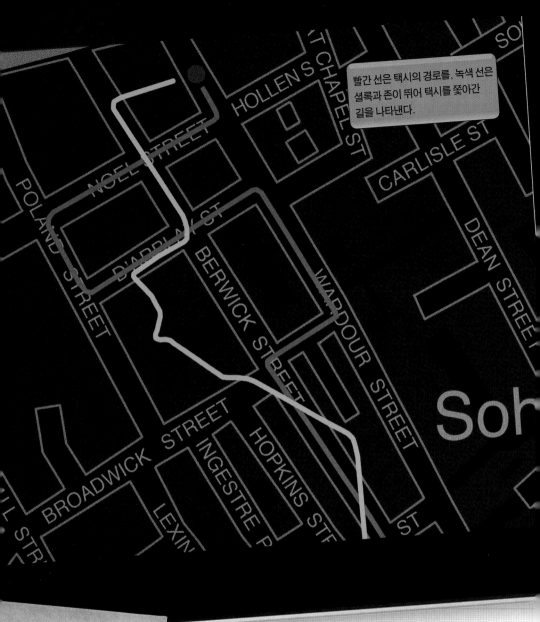

빨간 선은 택시의 경로를, 녹색 선은 셜록과 존이 뛰어 택시를 쫓아간 길을 나타낸다.

하루에 두세 끼는
'주구장창'이라고
부르지 않아.

이제 남아 있는 단서라곤 제니퍼 윌슨의 사라진 휴대폰뿐.

바로 그때, 셜록은 '레이첼'이라는 메시지의 의미를 깨달았다.
그건 그녀의 미폰* 계정 패스워드였다.
제니퍼는 휴대폰을 잃어버린 게 아니라 의도적으로 심어놓았다.
휴대폰을 추적하면 살인범을 추적할 수 있도록!

살인범이 우릴 먼저 추적할 수도 있다는 생각은 전혀 들지 않았다…

* MePhone, 델(Dell)사의 스마트폰

분홍색 연구

"우리가 전혀 모르면서도 신뢰하는 사람이 누구지?"
셜록이 물었다. 택시기사 제프 호프가 그 해답을
제공했다.

녀석은 셜록을 쭉 추적하다가 멍청이라면 결코
거부할 수 없는 한 가지(해답)를 약속해서 셜록을
끌어냈다.

연쇄자살 사건의 방법은 간단했다. 총구를 들이대고
강제로 시킨 것이었다. 두 개의 알약 중 한 개는
독물이고, 다른 하나는 아무런 해가 없다.
희생자들이 먼저 선택해 한 알을 먹으면 호프가
나머지 한 알을 먹는다. 하지만 희생자들이
제대로 선택했을까?

내가 먼저
생각해내려던
참이었는데!!

희생자들이
어떤 선택을 할지
누가 알겠어?
안 그래?

+44772057747
160/1 of 6
나와 함께 가지.

우수운전기사

전세 및 개인 고용
운전기사

면허번호: 91197

이름:
제프 호프

만료시한: 2012년 10월 20일

직업교육학교에서 벌어진
의문의 총격

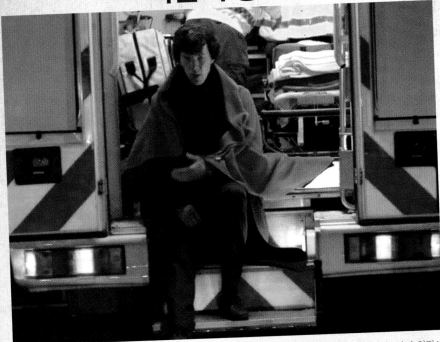

어제, 북(北) 런던 거주자들은 롤랜드 커 직업교육학교에서 들린 한 발의 총성에 커다란 충격을 받았다. 아직 상세한 내용은 밝혀지지 않았지만, 총격의 피해자는 택시기사 제프 호프로 알려졌다.

총격은 새벽 1시가 막 지난 시각에 교정에서 벌어졌다. 총을 쏜 사람뿐만 아니라 쇼크를 받은 것으로 보이는 사진 속 인물의 신원도 아직 밝혀지지 않았다.

경찰은 이번 사태에 즉각 대처했다. 사건 현장에서는 최근 '자살게이트' 기자회견으로 유명한 레스트레이드 경위가 목격됐다. 이번 총격이 사업가 제프리 패터슨 경, 교통부 차관 베스 데븐포트, TV 프로듀서 제니퍼 윌슨, 10대 소년 제임스 필리모어 등의 연쇄자살과 어떤 관련성이 있는지는 아직 명확하게 밝혀지지 않았다.

난 쇼크를 받지 않았어! 담요 따위는 거절했어야 했는데...

두 번째 시도

"파일럿 에피소드에 살을 더 붙여야 한다는 데 의문의 여지가 없었어요." 스티븐 모팻의 말이다. "그건 촬영을 처음부터 다시 시작해야 한다는 의미였습니다. 정말 끔찍한 일이 될 게 분명했고, 잘되지 않을 가능성도 컸어요."

만약 기회가 다시 주어졌는데도 아무런 변화를 가져오지 못한다면 어떻게 될까?

'분홍색 연구'의 두 가지 버전(파일럿 에피소드와 실제 방영분)은 겉으로 보기엔 거의 흡사하지만, 실제 방영분에서는 많은 변화가 있었다. 제작진은 수정 촬영을 기회로 삼아 배경 설정의 세세한 부분을 조금씩 개선했

새로 만든 '분홍색 연구'와 새로 설정한 로리스턴 가든스

다. 예를 들어, 파일럿 에피소드의 로리스턴 가든스 살해 현장 장면에서 여성 경찰관들이 스커트를 입고 있는 건 현실과 맞지 않는다. 또한 같은 장면을 파일럿 에피소드는 바깥에서 비가 쏟아질 때 찍었는데, 이는 셜록이 지난 몇 시간 동안 이렇듯 험한 날씨가 펼쳐진 곳은 영국에서 카디프가 유일하다고 지적하는 내용과 맞지 않아 모순이 생길 뻔했다. 감사하게도 두 번째 촬영할 때는 날이 맑았다.

사건이 발생한 집도 바뀌었다. 여러 조건에 훨씬 잘 맞는 집을 뉴포트에서 발견했기 때문이다. 작품 속의 모든 것을 현대적으로 만들려는 노력을 끊임없이 펼친 제작진이었지만, 한편으로는 로리스턴 가든스의 집 내부에 좀 더 고딕적인 분위기가 풍기기를 원했다. 스티븐은 말한다. "존이 셜록을 만났을 때, 토끼 굴에 빠져 전혀 다른 세상으로 떨어진 사람처럼 느껴지게 되는 거죠."

이용만 당하는 검시관인 앤더슨 역을 맡은 조나단 아리스도 깔끔하게 면도했다. 파일럿 에피소드를 미리 봤던 상당수의 사람들이 조나단이 악역일 게 분명하다고 수군댔기 때문이었다. 누구도 얼굴에 털이 가득한 사내를 신뢰하지 않으니….

이러한 자잘한 사항 외에, 가장 중요한 변화가 있었다. 이야기가 서술되는 분량이 늘어난 것. 이야기가 1시간 30분이나 이어지기 때문에

극적으로 존 왓슨과 첫 대면하는 셜록 '최대의 숙적'

더 많은 분량이 등장인물 소개에 할애될 수 있었다. 이 점은 파일럿 에피소드에서도 중요했지만 말이다.

스티븐은 말한다. "시청자들은 등장인물들과 함께 많은 시간을 보냅니다. 그러므로 그들을 더욱 잘 알고, 이해하고 싶지 않을까요? 우리는 1시간 30분 동안 등장인물들과 시청자들을 미스터리와 동떨어지지 않은 채 베이커 가에서 긴 대화를 나눌 수 있게끔 만들었어요."

시청자들은 의도적으로 셜록의 형이 아니라 악당 모리아티 같은 분위기를 풍기며 등장하는 마이크로프트도 만나게 된다. "마이크로프트를 셜록 '최대의 숙적'이라고 불러보다니!" 마크 게이티스의 말이다.

파일럿 에피소드에서 셜록과 존의 플랫 아래층에 자리 잡은 샌드위치 가게는 허드슨 부인의 소유로 가게 차양에 적힌 문구로 소유주가 명백히 밝혀져 있었다. 하지만 실제 방영분에서 그녀는 하숙집 여주인 역할에 충실하기 위해 음식점 운영에서 손을 뗐다. 스티븐과 마크는 허드슨 부인의 남편이 전기의자에서 처형되는 바람에 수령한 생명보험금이 그녀의 집세를 충당하고 노후를 안락하게 보내기에 충분하다고 결정했다.

파일럿 에피소드에서 시청자들은 누가 택시기사 제프를 쐈는지 알 수 없었다(셜록처럼 추리를 할 수는 있겠지만). 셜록은 레스트레이드에게 총을 쏜 사람의 특성을 설명하는 도중에 모여든 사람들 속에 서 있는 존을 보고, 바로 그 순간 총격의 주인공이 존임을 깨닫는다. 그러나 제작진은 은밀한 그 장면을 좀 더 명확하게 밝히

는 쪽으로 방향을 수정했다. 결정적인 순간에 카메라가 존에게 초점을 맞출 뿐만 아니라, 극적인 장면에서 존이 방아쇠를 당기는 모습을 삽입한 것이다.

파일럿 에피소드와 실제 방영분 간에 이런저런 차이가 있지만, 가장 큰 차이점은 완전히 달라진 분위기이다. 파일럿 에피소드의 감독은 2005년도에 제작된 엘리자베스 1세에 관한 BBC 미니시리즈 〈처녀 여왕The Virgin Queen〉으로 영국아카데미영화제 감독상 후보에 올랐으며, 〈Women Talking Dirty〉를 비롯한 많은 영화를 감독한 코키 지드로익Coky Giedroyc이었다. 물론 실제 방영분의 감독은 소설가 어빈 웰시의 단편집을 원작으로 한 데뷔작 〈케미컬 제너레이션〉으로 전 세계의 주목을 받은 폴 맥기건이다. 데뷔작 이후 폴은 〈갱스터 넘버1〉과 할리우드의 잘나가는 배우인 브루스 윌리스, 모건 프리먼, 벤 킹슬리 등이 출연한 범죄영화 〈럭키 넘버 슬레빈〉을 감독했다. 파일럿 에피소드와 실제 방영분의 느낌은 매우 다른데, 확신에 차 있고 정교한 지드로익에 비해 맥기건은 문자를 화면에 띄우는 등 작품 전체에 대한 정보를 제공하려고 애썼다.

스티븐의 말이다. "바로 그런 이유 때문에 폴 맥기건에게 더 믿음이 갔죠. 폴은 시각적인 면을 도입했고 한층 발전시켜 나아갔어요. 내가 '분홍색 연구'를 다시 집필하는 동안 폴은 세 번째 작품 '잔혹한 게임'을 연출했기 때문에 그가 어떤 방향으로 나아갈지 볼 수 있었

셜록을 구하는 왓슨의 영웅적인 행동이 드러났다!

어요."

"셜록의 사고 과정을 보여주고 싶지만, 단순히 해설자의 목소리나 몽타주로 나타내고 싶지 않다는 생각에서 비롯된 스타일이라 할 수 있습니다." 마크가 덧붙였다. 제작진은 적어도 셜록의 사고 과정과 유사한 것이라도 보여주기를 바랐던 것이다. "맞아요! 우리는 비밀을 누설하지 않으면서 시청자들에게 모든 정보를 보여주고자 했습니다. 물론, 그걸로 셜록이 뭘 할지는 알 수 없겠죠."

영화계에서 잔뼈가 굵은 폴의 경력도 풍성한 볼거리를 제공하는 데 한몫을 했다. 〈셜록〉은 지속적으로 눈길을 끄는 작품이다. 지루한 이야기 없이 모든 것이 아름답게 펼쳐진 화면을 보며 시청자들은 이것이야말로 TV에 딱 맞는 작품이라는 느낌을 받는다.

사실 〈셜록〉은 각계각층의 좋은 평가를 받았다. 그중에서도 톰 서트클리프는 〈인디펜던트〉에 '원작의 세련됨과 반짝임을 손상시키지 않고 이룬 재치 있고 빈틈없는 쾌거'라는 말로 작품의 장점을 정리했다.

뿐만 아니라 923만 명에 달하는 놀라운 시청자 수가 모든 것을 순조롭게 출발시켰다.

셜록의 세상을 시각화한 감독의 새로운 시도

분홍색 연구
원작과의 비교

뒤엉킨 실타래 《주홍색 연구》는 셜록 홈스가 등장하는 최초의 소설로, 〈비튼의 크리스마스 연감Beeton's Christmas Annual〉에 발표되었다. TV 시리즈와 마찬가지로 원작도 살인을 저지르는 합승마차 마부(원작에서는 제퍼슨 호프였지만 TV 시리즈에서는 제프로 나온다)를 다루고 있는데, 독자들은 희생자들보다 호프에게 더 동정심을 느꼈다. 하나는 독이 들어 있고, 다른 하나는 그렇지 않은 두 개의 알약이 사용되는 점에서 살해 방법도 동일하다. 또한 살인범이 동맥류로 고통받고 있다는 점도 같다.

고맙게도 스티븐 모팻의 각본에는 사악한 모르몬교도들에 대한 회상 장면이 들어 있지 않다(훗날 도일이 모르몬교에 대해 부정적으로 묘사한 것을 사과했다고 하지만, 오로지 모르몬교 교주의 후손이자 현재의 지도자인 레위 에드거 영의 주장이다 보니 에누리해 들을 필요가 있다). 스티븐은 허드슨 부인의 애완견 테리어가 죽었다는 설정으로, 셜록이 테리어를 대상으로 독약을

실험하는 꼴사나운 순간도 슬쩍 비켜간다. 원작의 상황은 이랬다. "어제 허드슨 부인이 오랫동안 아팠다며 이제 고통을 끝내달라고 부탁했던 그 불쌍한 테리어를 데려다주지 않겠나?"

제임스 필리모어 씨의 실종 아서 코넌 도일은 자신의 작품들에 한 번도 정식으로 다룬 적이 없는 다른 사건들을 집요하게 인용하며, 독자의 시선을 잡아끌 목적으로 세세한 부분까지 묘사했다. '수마트라 섬의 거대 쥐'나 정치인의 문제, 등대, 훈련된 가마우지 따위의 세세한 걸 누가 알고 싶어 하겠는가? 유명한 기자이자 결투를 즐기는 이사도라 페르사노가 과학적으로 알려져 있지 않은 벌레가 들어 있는 성냥갑을 멍하니 들여다보고 있는 모습 같은 건 말할 필요도 없다. 사실 이렇게 작품화되지 않은 사건들이 다른 작가들이 홈스를 모방해 쓴 소설의 기초가 되거나, 그들의 작품에 언급됨으로써 원작만큼이나 유명해졌다. 애거서 크리스티가 창조한 탐정 에르퀼 포와로도 '왓슨' 격인 헤이스팅스 대위에게 세밀한 묘사의 중요성을 언급하면서 홈스가 '무척이나 더운 날에 버터 속으로 가라앉은 파슬리의 깊이'에 최초로 관심을 보였다가 결국 애버네티 가족의 끔찍한 사업을 밝혀낸 사례를 인용한다.

제임스 필리모어의 실종도 그런 사건들 중 하나로, 〈소어브리지 소어 교 사건(TV 시리즈에서는 그의 시신이 비슷하게 발음되는 노어브리지 스포츠센터에서 발견된 것으로 인용했다)〉에 언급됐다. 원작에서는 필리모어가 미제 사건의 목록에 다음과 같이 기록되어 있다. "해결되지 못한 사건이 소설을 공부하는 학생들에게는 흥미로울 수도 있지만, 일반 독자라면 짜증을 내기 십상이다. 이러한 미제 사건들 중 우산을 가지러 자신의 집으로 되돌아갔다가 다시는 이 세상에 얼굴을 보이지 않게 된 제임스 필리모어 씨의 사건이 있다."

크라이테리언 커피 바 원작에서는 왓슨이 오랜 친구인 스탬포드를 크라이테리언 커피 바에서 우연히 만난다. 크라이테리언 레스토랑 겸 바는 런던 피카딜리 서커스에 위치한 크라이테리언 극장과 인접해 있으며, 파일럿 에피소드에서는 이곳에서 존과 스탬포드가 마주

친다. 하지만 실제 방송분에서는 크라이테리언 현장에서 찍은 필름을 다시 사용할 수 없어서 존과 스탬포드가 '크라이테리언'이라는 도장이 찍혀 있는 테이크아웃 커피를 손에 들고 대화를 나누는 것으로 나온다. 수 버츄와 스티븐 모팻, 마크 게이티스는 BBC에서 셜록을 방송하겠다는 약속을 얻어낸 날 크라이테리언에서 거한 식사를 하며 자축했다.

명확하고 정확한 지식에 대한 열정 원작《주홍색 연구》에서 스탬포드는 홈스를 '지나치게 과학만을 추구해서 내 취향에 맞지 않는다'고 꼬집었다. 그는 왓슨에게 '사망한 후에 어느 정도 멍이 드는지를 입증하기' 위해 셜록이 해부실에서 시신들에 채찍질을 하는 모습을 목격한 적이 있다고 언급함으로써 명확하고 정확한 지식에 대한 셜록의 열정이 지나치다는 걸 경고한다. 그러나 이전의 영상화에서는 우리의 '영웅'에 대한 최초의 기괴한 이미지가 모두 삭제되었다. 관객들에게 혐오감을 주고 싶지 않아서였을 것이다. 스티븐과 마크는 자신들이 단호한 인물을 그리고 있다는 걸 잘 알고 있었고, 결국 시청자들은 셜록이 딱딱하게 굳은 시신에 채찍질을 가하는 장면에서 입을 딱 벌리게 되었다.

여기저기 자리를 바꾸는 상처 도일은 일관성이 없는 인물로 꽤나 악명이 높았다. 4편의 장편과 56편의 단

편소설에서 허드슨 부인은 터너 부인이 되기도 했고, 존 왓슨은 제임스 왓슨으로, 존 의 아내는 여러 번 나타났다 가 죽었다가 다시 사라져버 린다. 원작을 광적으로 좋아 하는 팬들은 물론 그럴듯한 변명으로 여러 모순들을 설명하려고 하지만, 실은 그저 도일이 실수한 것에 불과하다. 이러한 모순들 중 하나 가 왓슨을 의병제대하도록 만든 상처이다.《주홍색 연 구》에서는 어깨에 총상(정확히 쇄골하동맥 찰과상)을 입 었다고 했지만,《네 개의 서명》에서는 다리에 총상을 입은 것으로 되어 있다. 이후에 출간된〈독신 귀족〉에 서는 기억하는 것조차 귀찮았는지 그냥 '사지 중의 하 나'에 총상을 입은 것으로 해버렸다.〈셜록〉에서는 이 문제를 존이 팔과 다리에 모두 총상을 입은 것으로 보 이게 묘사했고, 정신적인 요인 때문에 절룩거리는 것으 로 그렸다.

존이 "아프가니스탄 혹은 이라크?"에 파병됐는지에 관한 셜록의 의문은 원작과 직접적으로 연계되어 있다. 《주홍색 연구》에서는 홈스가 추리를 통해 아프가니스 탄이라고 확신했지만, 그가 이렇게 확신할 수 있었던 건, 셜록이 활약하는 현재 정세의 불확실성에 비해 당 시의 정치적 상황과 제2차 영-아프간 전쟁의 종전에 힘입은 바가 컸다.

심사숙고 A Brown Study 함께 방을 사용하는 일을 논 의하면서 원작과〈셜록〉모두에서 셜록 홈스는 서로의 가장 나쁜 점을 알아둘 필요가 있다고 주장한다. 셜록 의 바이올린 연주와 며칠간 전혀 말을 하지 않을 때도 있다는 습관은 변하지 않았지만, 왓슨의 불테리어와 셜 록의 담배 피우는 습관은 배제했다.

난 하숙집 주인이지, 네 가정부가 아니란다 원작에서는 허드슨 부인이 가정부였던 게 분명하지만, 오늘날에는 가정부를 둘 가능성이 거의 없다는 점을 고려했다.

봉투칼 홈스는 특정 우편물을 항상 봉투칼로 벽난로

에 고정해놓는데, 청구서와 이혼소송에 관한 우편물로 추정된다.

클라라 X로부터 셜록이 존의 휴대폰을 분석하는 행동 은 홈스가《네 개의 서명》에서 왓슨의 회중시계를 살펴 본 과정과 완벽히 일치한다. 대상은 달라도 분석 결과 는 극히 유사하다. 태엽을 감는 열쇠를 삽입하는 구멍 주변의 긁힌 자국들은 왓슨의 형이 주정뱅이라는 결론 으로 이어지는데("주정뱅이의 시계에선 으레 이런 자국들을 볼 수 있지."), 휴대폰의 충전단자 주변의 긁힌 자국을 본 셜록도 동일한 결론을 추리해낸다. 이는 아버지가 알코 올중독자였던 도일이 실제 경험을 바탕으로 글을 썼다 는 것과 무관하지 않다.

게임이 시작됐어! 시청자들의 주의를 끄는 이 기발 한 문구는 십중팔구 원작에서는 전혀 언급되지 않았을 가능성이 높다. 물론 그렇다고 해서 등장인물이 문화 적 관습에 덜 젖어 있다는 걸 의미하는 건 아니다. 많은 시청자들은 사실 여부에 관계없이 제임스 티베리우스 커크 선장(〈스타트렉〉에 등장하는 엔터프라이즈호의 함장) 이 "날 전송해줘, 스코티!"라는 말을 진짜 했다고 생각 한다. 셜록 홈스가 중얼거린 말로 가장 유명한 것(썰렁 한 농담을 끄적거리는 작가들이 아무 데서나 마구 써먹은 것) 은 "아주 간단하다네, 친애하는 왓슨Elementary, my dear Watson!"이다. 이 말은 도일의 작품 어디에서도 나온 적

이 없지만, 사냥모자와 칼라바시 파이프와 더불어 홈스의 일부가 되었다. 물론 이런 소품들의 정통성에 관해 하루 종일 떠들어봐야 결론이 나지는 않을 것이다. 독자들이 극적인 장면에서 셜록 홈스가 부르짖을 거라 기대하는 두 번째 문구는 "가자고, 왓슨. 게임이 벌어지고 있어Come, Watson, the game is afoot!"이거나 이 말이 다소 변형된 형태이다. 이 문구는 도일의 작품에서 실제로 등장했다. 〈애비 그레인지 저택 사건〉에서 홈스는 간신히 잠든 왓슨을 새벽에 깨우며 이렇게 소리쳤다. 세계 최고의 자문탐정과 방을 함께 사용하다 보면 쉽게 잠들지 못하거나, 적어도 오랫동안 잠들지 못할 게 뻔하지 않나. 그런데 오늘날 '벌어지고 있어afoot' 같은 오래된 단어를 사용하면 마차나 가스등이 떠오를 수도 있어, 스티븐 모팻은 재치 있게 이 단어를 '시작됐어on'로 대체했다.

어쨌든 와줘 셜록은 존에게 '괜찮다면' 베이커 가로 와달라는 문자를 보낸다. 그리고 곧이어 '괜찮지 않더라도 어쨌든 와줘'라는 두 번째 문자를 보낸다. 원작 〈기어 다니는 남자〉의 시작 부분에서 홈스가 보낸 '괜찮다면 즉시 와주게. 괜찮지 않더라도 마찬가지네. S. H.'라는 전보를 그대로 인용한 것이다. 원작의 홈스는 최근에 의뢰받은 사건을 상의하고 싶어 전보를 보낸 것인데 비해(홈스는 단순히 이야기를 들어줄 사람이 필요한 것이었지만, 왓슨은 자신의 존재 자체가 홈스의 명확한 생각을 유도하는 일종의 '정신 자극제'라고 스스로 생각한다), TV 시리즈에서는 셜록이 단순히 존의 휴대폰을 빌리고 싶어서였다.

라체 Rache 원작에서 레스트레이드는 피살자(놀랍게도 이녹 드레버*라는 이름이다)가 '레이첼'이라는 이름을 쓰려고 했지만 끝마치지 못했다는 결론을 내렸다. 홈스는 그의 말에 코웃음을 치면서, 단어는 완벽하게 완성되어 있고, '라허'는 독일어로 '복수'를 의미한다고 주장한다. 〈셜록〉에서는 서로의 말이 뒤바뀌어 앤더슨이 독일어로 '복수'라고 주장한 반면, 셜록은 '레이첼'이라고 강변한다.

니코틴 패치 석 장짜리 문제 원작에서 홈스는 종종 음식물 대신 오로지 담배에 의존해 살아가는 것처럼 보인다. 그는 독한 터키산 엽연초를 벽난로에 매달린 페르시아 슬리퍼 안에 넣어둔다. 그러다 지극히 복잡한 사건과 맞닥뜨리면 홈스는 '파이프 석 대짜리 문제'라고 선언하면서 결론에 이를 때까지 걸릴 시간과 담배의 양을 정했다. 오늘날에는 '런던에서 습관적으로 흡연하는 게 불가능하기 때문에' 셜록이 니코틴 패치를 즐기는 것으로 묘사됐다. 셜록이 석 장의 패치를 한꺼번에 붙이는 것으로 보아 일반적으로는 치명적인 양의 니코틴에도 몹시 강한 저항력을 가진 사람이라는 걸 확인할 수 있다.

레스트레이드의 부하들이 플랫을 수색할 때 셜록이 다소 불편한 심기를 드러내는 장면에서 슬쩍 드러난 바와 같이 셜록은 분명 약물에 대한 지식을 상당히 가지고 있다. 물론 도일이 창조한 홈스는 수사를 맡은 사건이 없을 때면 스멀스멀 스며드는 지루함을 이기기 위해 때때로 혼자서 7퍼센트의 코카인 용액을 주사하곤 했다.

---

* 이녹Enoch은 성경에서 인류 최초의 살인자로 기록된 카인의 장남이라는 점에서 놀랍다고 표현한 것 같다.

문제가 있는 탐정

그렇다면 셜록 홈스는 누구인가? 우리 중에서 가장 똑똑한 사람이다. 자칭 '고기능高機能 소시오패스'이다. 무엇보다도 정신적인 자극에 중독되어 있다. 셜록은 생각하는 사람이고, 논리에 능한 사람이며, 탐정이고, 사람들의 눈길을 엉뚱한 곳으로 돌리는 현란한 기술을 통해 불가능해 보이는 것을 성취하는 마술사이다.

스티븐 모팻의 말을 들어보자. "하지만 셜록이 마술사보다 훨씬 나은 점이 있습니다. 트릭이 어떻게 이뤄졌는지를 항상 말해준다는 점에서 도일은 공정하고 마술사들은 그렇지 않거든요! 사람들에게 마술을 보여주고 1시간 있다가 마술사가 사용된 트릭들을 친절하게 가르쳐주는

쉽게 좋아지지 않는 셜록 홈스

에든버러의 마술 쇼를 보러 간 적이 있어요. 트릭을 알고 난 뒤에도 쇼의 재미가 떨어지진 않았죠. 마찬가지로 셜록 홈스도 트릭이 어떻게 이뤄졌는지를 알려줍니다. 그를 아무리 싫어하는 사람이라도 그가 이야기해주는 또 다른 트릭에 귀를 기울이게 됩니다. 하지만, 만약 홈스가 '이걸 다 할 건데, 그 방법은 말해주지 않을 거야!' 라고 하면 정말로 그를 미워하게 될걸요?"

실제로 많은 사람들이 홈스를 정말로 싫어한다. 홈스 역시 남에게 호감을 얻으려는 노력을 거의 하지 않는다.

베네딕트 컴버배치도 그 점은 인정한다. "사람들은 바로 그런 점에서 대리만족을 느낍니다. 홈스는 뭐든 대충대충 하는 법이 없어요. 일상적인 것이나 평범한 것에 항상 짜증을 내는 사람이거든요. 하지만 시청자는 홈스와 함께 살 필요가 없고 그저 느긋하게 앉아 그가 하는 걸 즐기기만 하면 되니까 좋아할 수밖에 없어요. 홈스는 말도 안 되게 무례하고 버릇이 없는 데다가 소시오패스 영역을 넘나들어요. 사람들이 홈스의 그런 점에서 진정한 만족을 느끼는 것 같아요."

셜록이 함께 살기 힘든 인물인 것만은 분명하다. 룸메이트를 두고 지내본 사람이면 누구나 공감하겠지만, 바이올린을 연주하거나 며칠씩 말하지 않고 지내는 동거인보다 더 짜증 나는 사람들도 있기 마련이다.

마크 게이티스의 말이다. "〈셜록〉을 제작하면서 BBC와 상의를 했습니다. 호감이 가지 않는 인물을 작품의 주연으로 삼아도 되는지 말입니다. 물론 드라마 〈하우스〉가 괜찮다는 걸 입증했어요. 그레고리 하우스는 너무나

비호감인 녀석이지만, 다들 그를 열렬히 좋아하니까요!"

〈하우스〉는 홈스의 덕을 많이 봤다. 의도적으로 홈스와 발음이 비슷한 제목을 사용한 데다가, 하우스의 진정한 친구 이름은 닥터 제임스 윌슨으로, 존 왓슨과 이니셜 JW이 동일하도록 만들었다. 그레고리 하우스 역의 휴 로리는 단순한 성생활 이상의 것에 관심을 두고 있는데, 이것은 베네딕트 컴버배치가 섹스 심벌 비슷하게 되는 것을 막지는 못했다. 비록 베네딕트가 연기하는 셜록은 사랑이라는 것을 화학적 불균형에 지나지 않는다고 보지만, "거리에서 팬들에게 붙잡힐 때면 섹스와 관계없는 모든 것들이 고맙기만 했어요." 베네딕트의 말이다.

바이올린을 연주하는 것보다 더 나쁜 습관이 있을 수 있다

베네딕트는 〈선〉의 독자 투표에서 '세계에서 가장 섹시한 남자'로 선정된 적이 있다. 셜록은 분명히 일부 사람들을 매료시키기 위해 노력하고 있는 중이다.

다시 베네딕트의 말을 들어보자. "셜록이 매력적일 수 있다고 생각해요. 결과를 얻기 위해 집중하는 모습이 정말 멋있잖아요! 하지만 우리가 정말로 강력하게 셜록에게 끌리는 이유는 아주 사소하고 세밀한 부분에서 모험을 찾아내는 능력 때문이죠. 모든 게 모험을 불러일으키는 잠재적인 불티인 셈이니 그가 흥미진진할 수밖에요.

우린 어딘지 모르게 복잡한 영웅을 좋아하죠. 2차원적인 판에 박힌 인물은 글쎄… 그런 영웅들은 오래 갈 수가 없어요. 배우로서도 나긋나긋하고 고상한 사람보다 자아가 두드러지고 날카로운 인물을 연기하는 게 훨씬 재미있어요."

그런 인물들을 연기하면 손해를 볼 수도 있다. 1980년대에 제레미 브렛은 홈스 역을 맡지 말라는 충고를 들었다. 배우 로버트 스티븐스는 제레미에게 홈스 역은

그레고리 하우스 역의 휴 로리

홈스 역의 제레미 브렛

연기자를 미치게 만든다고 경고했다. 그 말이 사실일까?

베네딕트는 이렇게 대답했다. "존경하는 제레미 브렛은 매우 불안한 성격이었어요. 그러니 스티븐스의 충고는 브렛에게만 통용되는 것이라고 생각해요. 배우가 홈스를 연기한다고 실제 삶까지 문제가 생길 건 없다는 말이죠. 홈스보다 훨씬 미친 사람을 연기한 적도 있지만 정신을 빼앗길 정도는 아니었어요. 어떤 캐릭터와 그 배우 사이에 신비롭게 연결되는 뭔가가 있다는 걸 믿지 않아요. 그런 연계성에 지나치게 신경 쓴다면 연기가 완전히 미신에 사로잡혀버리지 않을까요?

배우는 두려움과 걱정, 불안 때문에 그 역할을 제대로 연기해내지 못하겠죠. 바로 이런 이유 때문에 브렛의 셜록 해석이 매우 탁월하긴 했지만, 연기자는 캐릭터에 매몰되지 않고 자신이 가진 장점을 펼쳐야 한다고 생각합니다. 원래의 셜록 홈스와는 다른 뭔가가 된다는 뜻이죠." 베네딕트는 크게 웃었다. "음, 난 이제 서른여섯 살이고, 섹시함을 잃기엔 남은 시간이 길죠."

눈 먼 은행가(The Blind Banker)

아, 이곳에서
어떤 멍청한 여자가
날 자네로
착각하더군.

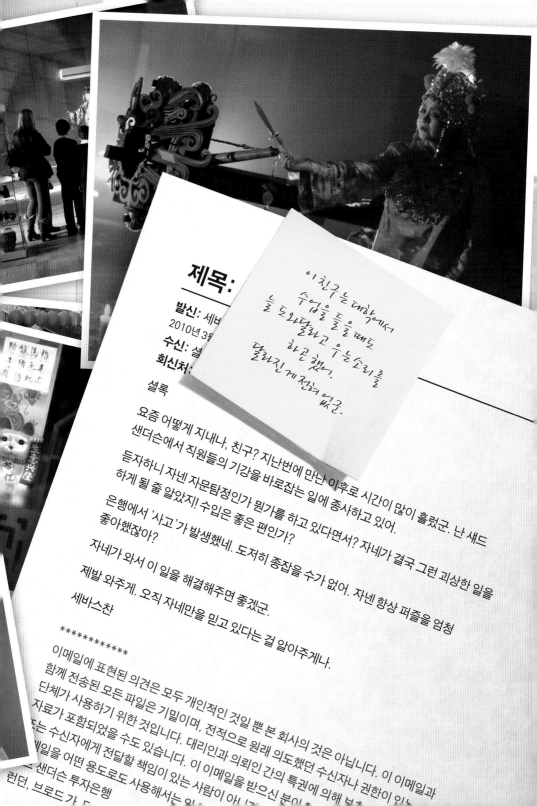

제목:

발신: 세바

2010년 3월

수신: 셜록

회신처:

셜록

이 친구는 대학에서
수업을 들을 때도
늘 도와달라고 우는소리를
하곤 했어.
달라진 게 전혀 없군.

요즘 어떻게 지내나, 친구? 지난번에 만난 이후로 시간이 많이 흘렀군. 난 섀드
샌더슨에서 직원들의 기강을 바로잡는 일에 종사하고 있어.

듣자하니 자넨 자문탐정인가 뭔가를 하고 있다면서? 자네가 결국 그런 괴상한 일을
하게 될 줄 알았지! 수입은 좋은 편인가?

은행에서 '사고'가 발생했네. 도저히 종잡을 수가 없어. 자넨 항상 퍼즐을 엄청
좋아했잖아?

자네가 와서 이 일을 해결해주면 좋겠군.

제발 와주게. 오직 자네만을 믿고 있다는 걸 알아주게나.

세바스찬

****

이메일에 표현된 의견은 모두 개인적인 것일 뿐 본 회사의 것은 아닙니다. 이 이메일과
함께 전송된 모든 파일은 기밀이며, 전적으로 원래 의도했던 수신자나 권한이 있
단체가 사용하기 위한 것입니다. 대리인과 의뢰인 간의 특권에 의해 권한이 있
자료가 포함되었을 수도 있습니다. 이 이메일을 받으신 분이
는 수신자에게 전달할 책임이 있. 이 이메일을 어떤 용도로도 사용해서는
메일을 어떤 용도로도 사용이 있는 사람이 아
샌더슨 투자은행
런던, 브로드 가

눈먼 은행가

전임 은행 총재 윌리엄 섀드 경의
사무실에 누군가 침입해서 경의
초상화를 훼손했다.
보안 카메라에 찍힌 영상으로 볼 때
1분도 채 안 된 시간에
발생한 일이었다.

사무실부터 수납장까지 모든 방들은
보안 소프트웨어 내의 중앙잠금
프로그램으로 제어되고 있다.
소프트웨어에는 총재실의 문이
열린 적이 없는 것으로 나타났다.

윌리엄 경의 훼손된 초상화는
일종의 협박일까?
은행 시스템에 대한 공격일까?

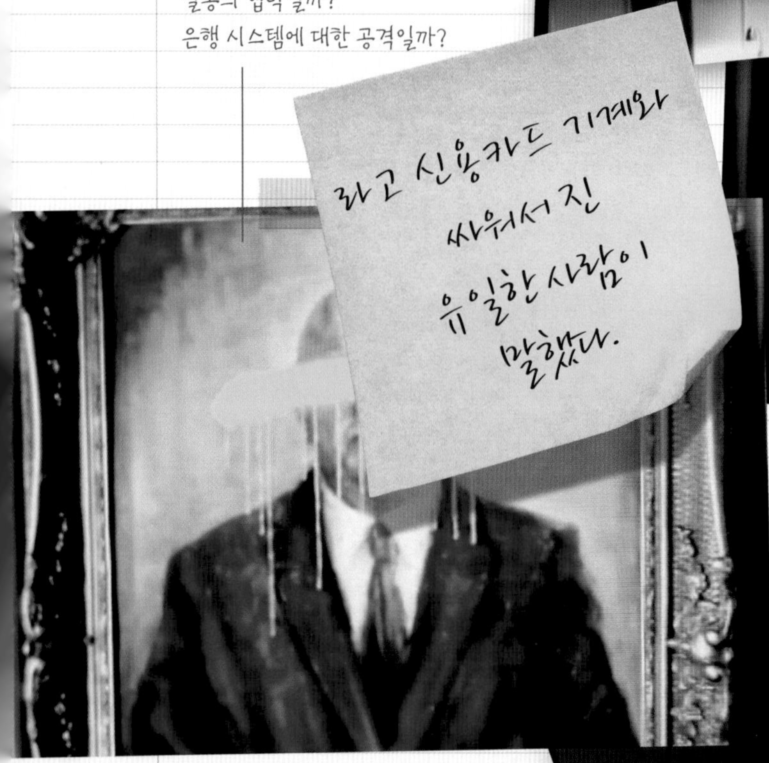

라고 신용카드 기계와
싸워서 진
유일한 사람이
말했다.

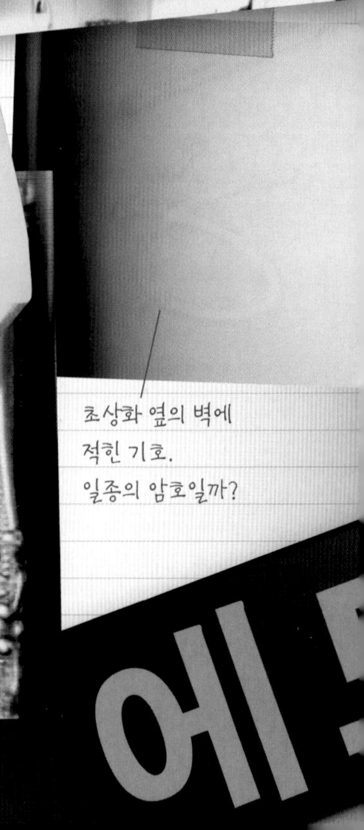

초상화 옆의 벽에
적힌 기호.
일종의 암호일까?

에 5

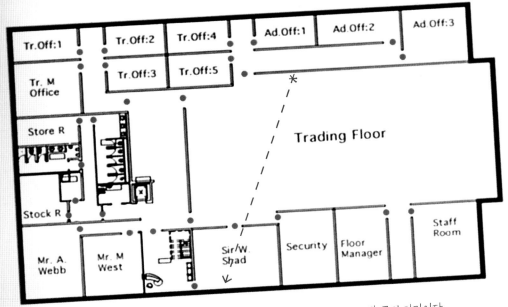

* 윌리엄 경의 사무실 낙서가 가장 잘 보이는 곳은 홍콩 담당 과장인 에드워드 반 쿤의 자리이다.
  이 메시지는 그를 겨냥한 것이다.

여자애들이나 하는 스크랩북 정리를 마치면 날 찾아와주겠나? 엄청나게 중요한 얘기를 좀 하려고 하는데.

당연히 가야지.
이런 얘기는 어떤가?
"대부분의 사람들이 내가 자네에게 맞춰주며 함께 지내는 걸 보고 미쳤다고 한다네."

나도 마찬가지야.

눈먼 은행가

뉴 워프(New Wharf) 가 17a의 IOS 앨버트 독.

세바스찬 윌크스는 옥스퍼드 대학을 다닐 때부터 반 쿤을 알고
지냈다. 반 쿤이 오랜 시간 아시아에서 지냈기 때문에
윌크스는 그에게 홍콩 계정을 전담시켰다.

반 쿤은 자신의 플랫에서 시신으로 발견됐다. 손에 권총을 쥐고
있었고, 오른쪽 관자놀이에 총상이 있었다. 처음에는 반 쿤이
스스로 목숨을 끊은 것으로 추정됐다.

낙서(그래피티)는 어떤 메시지인데,
어째서 반 쿤과 직접 접촉하지 않았는지 의문이다.
이 메시지는 연락하려는 노력을
묵살한 누군가를 향한 협박이고
요구인 게 분명하다.

경찰과 힐끗 훑어본
의사의 최초 추정

모든 사실을 고려하지 않은
가설은 실수이다.
몇몇 사람들은
알고 있는 사실이지.

- 의자 왼쪽에 놓인 커피 테이블
- 손잡이가 왼쪽을 가리키고 있는 테이블 위의
- 습관적으로 사용된 왼쪽의 전원 소켓
- 전화기 왼쪽에 놓인 펜과 종이
- 칼날의 오른쪽에 버터가 묻어 있는 주방의
  버터나이프

결론: 에디 반 쿤은
왼손잡이였다.

왼손잡이들은 자살할 때 자신의 머리 오른쪽을
쏘지 않는다.

아직 정리하지 않은 가방 속에 들어 있는 지저분한 옷가지들로
미뤄볼 때 반 쿤은 사흘 동안 집을 떠나 있었다.

셜록은 반 쿤이 누군가에게 사살당했고, 머리에 박힌 탄환은
그의 권총에서 발사된 게 아닐 거라고 고집스럽게 주장했다.
대응사격을 한 반 쿤의 탄환은 열려 있던 창문 밖으로
나갔을 것이라고 한다.

불행히도 경찰은 자살이라고 추정하는 손쉬운 길을 택했다.

셜록의 ~~분노를 뒤집어쓸 예정인~~ 정신 개조를 즐기게 될
경시청의 또 다른 형사 디목(Dimmock) 경위.

불가능한 상황에서
살해당한 기자

어제 저녁, 얼스 코트에 사는 마흔한 살
프리랜서 기자 브라이언 루키스가 벽
을 통과하는 능력이 있는 것처럼 보이
는 범인에 의해 살해당했다. 오리무중
에 빠진 경찰의 초동수사에서는 살인
범이 어떻게 안에서 굳게 잠긴 문과 창
문을 지나 루키스의 플랫에 침입할 수
있는지 단서를 찾을 수 없었다. 강제로
침입한 흔적도 없었다. 현재 수사가 진
행 중이다.

루키스는 반 쿤과 거의 흡사한 상황에서 살해당했다.
셜록은 이렇게 말했다. "두 사람은 자신들이 안전한 줄 알았겠지.
꽤 높은 곳에 살았으니까. 우린 벽을 기어오를 수 있는
살인범을 다루고 있는 거야."

내가 그렇게 말했다고?
나도 자네처럼
유난 떠는 사람이
되어 가나 보군.

루키스의 사망 날짜가 찍힌 책은 우리를 웨스트 켄싱턴
도서관의 서고로 인도했다.

눈먼 은행가

동일한 낙서가 다시 등장했다.
즉, 루키스도 죽기 전에
똑같은 협박을 받은 것이다.

셜록의 '낙서 전문가'인
'라즈'에 의하면,
사용된 페인트가 '압축가스를
사용하는 미시간 제품으로
아연도금용일 것 같다'고?
대체 이게 뭔 소리야?

한 문장 안에서 또다시
이렇게 따옴표를
남용한다면
자네가 나간 사이
자물쇠를
확 바꿔버릴 거야.

3월 17일, 반 쿤은 중국의
북동쪽에 있는 랴오닝 성 다롄
공항으로 갔다.

장 항공

탑승권
이름: 루키스 / 브라이언

행선지: 다롄 국제공항
출발지: 런던 히스로 공항

장 항공

AS 601   U   ZA 0214

A21 950P

ELECTRONIC
43W

24E

루키스도 거의 같은 시기에 다롄을 방문했다. 두 사람의 여행 목적은 무엇이었을까?
두 사람은 만났을까?

우린 반 쿤이 귀국한 이후의 움직임을 추적했다.

반 쿤은 점심을 먹었다.

반 쿤은 택시를 타고 뭔가 무거운 것을 시내로 배달했고,
그런 다음 곧장 자신의 사무실로 갔다. 루키스는 샤프츠베리
애비뉴에 있는 어느 상점의 주소를 적어놓았다.

피아자 에스프레소 바

피아자
에스프레소 바
이탈리아노
전화 #: 020 7946 0864

택시 영수증

날짜 2010년 3월 22일
시각 10시 35분
요금 18.5파운드
이용해주셔서 감사합니다

서명

🔵 런던 지하철   🔵 런던 지하철

22MAR10   DAY SINGLE   4.80

22 MCH 10   PICCADILLY

>> <<   >> <<   >> <<   >> <<

001134   29   0500   22MCH10   13.30   235322

This side up • Not for resale   This side up • Not for resale
Issued subject to conditions - see over   Issued subject to conditions - see over

행운의 고양이 잡화점
WID 소호
샤프츠베리 애비뉴 93

눈먼 은행가

이 상징은 고대 중국의 숫자 체계 '항저우'이다.

수평으로 된 일직선은 숫자 '1'을 의미하고,
다른 그래피티는 '5'를 의미하므로 메시지는 '15'였다.

낙서를 뜻하는
'그래피티(graffiti)'의 단수형은
'그래피토(graffito)'야.
이런 자잘한 사항을
극복하는 것이 지루하지만
읽을 만한 글을 자네의
블로그에 올리는
첫걸음이 되겠지.

두 사람 다 최근, 중국에 갔다가 귀국하자마자
'행운의 고양이 잡화점'을 방문했다.
그들은 무엇을 이 나라로 가져온 걸까?

그리고 두 사람 중
누가 손버릇이 나쁠까?
둘 다 협박을 받은 걸로 봐서
그들을 고용한 사람도
어느 쪽인지 몰랐어.
간단한 해결책은?
둘 다 죽이는 거지.

자넨 절대 HR(인사과)에서
일하지 말라고.

HR(헨리 왕)?*
그거 왕비와
관련 있는 얘긴가?
그랬다면 목이 남아나지
않았을 텐데...

*HR: 셜록과 존이 동음이의어로
서로 비꼬고 있다.

수 린 야오는 상점 위층에 살고 있었다.
현관 밖에 놓인 비에 흠뻑 젖은 전화번호부로 판단하건대,
그녀는 며칠 동안 집에 돌아오지 않았다. 그녀가 상점의
주인이 아니라 접선자일 수도 있을까?

비상계단을 타고 방 안으로 들어간 셜록은
(그러는 동안 날 바보처럼 밖에 세워뒀다)
누군가 최근에 침입했음을 알아차리고,
그 증거로 양탄자 위에 남아 있는 사이즈 8(270mm)의
신발 자국을 확인했다.

우린 곡예사 살인마와
마주쳤다. 그리고…

그걸 알아낼
유일한
방법은…

그리고 내 목에는
목 졸린
자국이 남았지.

국립
유물
박물관

수 린

무사한가요?

연락 좀 줘요.

앤디

눈먼 은행가

수퀸 역시 메시지를 받았다.

그리고 수퀸은 지금 아무도 찾을 수 없는
곳으로 숨어버렸다.

우리가 할 수 있는 일이라고는 낙서가
되어 있을 만한 거리를 찾아 돌아다니는
것뿐이었다.

사우스뱅크에서부터…

런던브리지까지.

마침내 마주친 이것!

셜록은 항저우를 아라비아 숫자로
번역하는 방법을 배웠다.

하지만 이 숫자가 무엇을
의미하는 걸까?
우린 그 암호를 해독할
사람이 필요했다.

눈먼 은행가

박물관으로 돌아온 셜록은 수 린이 정성껏 관리하던
찻주전자가 여전히 손질되고 있다는 사실을 알아차렸다.
어쩌면 그녀는 우리가 생각했던 것보다 멀리 도망가지
않았을 수도 있다.

우린 그동안 박물관에 숨어 있던 수 린을 찾아냈다.
처음에 그녀는 잔뜩 겁을 먹었지만,
셜록이 무슨 수를 썼는지, 결국 우리가 우호적이라는 걸
믿게 되었다.

무슨 수라니?
다 매력이 있어서 그런 거지.
자넨 나와 잘 지낼 정도로
미친 사람이라
자네한테 내 매력을
사용하지 않았을 뿐.

수 린은 우리에게 자신의 발바닥에 있는 문신을 보여줬다.

셜록은 그 문신이 중국의 비밀결사 혹은 범죄조직인 '통(Tong)'의 문양이라는 걸 알아봤다.
이 문양은 '검은 연꽃단'의 표식이었고, 수 린은 지금까지 홍콩으로 마약을 밀수하며
조직을 위해 일해왔던 것이다. 이제 수 린은 '검은 연꽃단'을 벗어나려고 애썼고,
조직은 그녀를 찾아내 계속 일할 것을 강요하고 있었다.

그러나 계속 몸을 숨기려 하는 수 린의 목숨은 위험에 처했다. 이미 반 쿤과 루키 스를 살해했고
이제는 그녀의 뒤를 쫓도록 '통'에서 파견한 추적자는 '지주(蜘蛛, 거미)'라는 곡예사 살인자인데,
그녀의 오빠였다.

우린 수 린을 보호하지 못했다.
그녀는 '검은 연꽃단'의 우두머리인 샨 장군이 내린 명령에 따라 오빠의 손에 죽었다.

경찰 보고

보고자: 필립 자렛 경사

일시: 2011년 3월 25일

본관은 국립유물박물관 내부에서 총소리가 들렸다는 독일 관광객 커플의 신고를 받고 출동했다. 본관이 그곳에 도착한 시각은 새벽 1시 13분이었고, 정문의 자물쇠가 풀려 있음을 발견했다. 그 즉시 허위신고가 아니라고 판단해 지원병력을 요청하고 박물관의 경비원을 찾기 시작했다.

경비원은 '16세기의 관(棺)'이라는 설명이 붙어 있는 것의 뒤쪽에 잔뜩 겁을 집어먹고 숨어 있는 웰시먼뿐이었다. 본관은 규정에 따라 경비원의 손전등에 머리를 얻어맞지 않도록 주의하면서 지원병력을 기다리고 있었는데, 어떤 신사 한 명이 '이집트실'로 통하는 문을 열고 모습을 드러냈다. 나중에 알게 된 사실이지만 그는 화석화된 인간의 다리뼈로 무장하고 있었고, 그 뼈로 경비원을 죽도록 두들겨 패지 않은 것은 오로지 본관의 재빠른 개입 덕분이었다. 나중에 그 신사의 이름이 셜록 홈스라는 것과, 이전에도 프리랜서로 본청에 도움을 줬다는 소문을 들었다. 당시에는 홈스 씨를 체포해야 할 범인으로 생각했다. 하지만 홈스 씨는 본관이 경찰이라는 사실을 인지하자마자 얼른 흥분을 가라앉혔다.

홈스 씨는 자신의 동료인 닥터 존 왓슨(이 사람도 본청에 잘 알려진 사람이다) 씨와 함께 어느 사건을 수사하며 직원 중 한 명과 인터뷰를 하던 중이었는데, 다른 사람이 박물관 내에 침입했고 그 침입자에 의해 직원이 위험해질 수도 있음을 알아차렸다고 설명했다. 하지만 왜 폐관한 이후에 직원을 인터뷰했는지에 대해서는 충분히 설명하지 못했다. 사실 2~3분 동안 질문에 순순히 대답하던 홈스 씨는 '이 문제는 경시청의 딤(나중에 이 사람이 디목 경위라는 걸 알았다)과 상의가 끝난 것'이라며 더 이상의 진술을 거부하고 이집트실로 돌아갔다.

본관은 홈스 씨의 뒤를 따라갔다가 신원불명의 총잡이에게 총을 맞고 사경을 헤매던 박물관 직원 수 린 야오 양이 존 왓슨 씨의 응급처치에도 불구하고 결국 목숨을 잃는 광경을 목격했다.

눈먼 은행가

우리는 이 화병들이 밀반입됐다는 사실을 알고 있었다.
어마어마한 가치를 지닌 중국의 유물이다.

이번에 경매 물품으로 나온 화병 두 점이
경매회사로 반입된 날짜가 루키스와 반 쿤이
최근에 중국을 방문한 날짜와 일치했다.

경매 물품 설명서

**중국 명 왕조 성화제(成化帝, 1447-1487)
시대 화병**

중국에서 4일 전에 도착.

숨겨져 있던 동양의 보물 두 점.

호리병박 형태의 화병.

백색 자기에 청색 꽃무늬가 상감됨.

낙찰 예상가격: 40~50만 파운드
            (62~77만 달러)

경매정보:

경매번호 5681

크리스피안 경매회사 – 중국 및 기타 아시아
국가 예술품

매도자 – 익명

2010년

	화요일	수요일	목요일
		3 09.00 – 인터뷰 10.30 – CEO에게 전화 13.30 – 돔과 점심 17.30 – 회의 취소	**4** 09.00 – 트레 10.30 – 회견 13.30 – 핀 14.20 – 헬 15.45 – 닥
	9 09.00 – 트레일 미팅 10.30 – 회견 13.30 – 핀에서 점심 14.20 – 헬스 15.45 – 닥터 프링 진료 **9** 09.00 – 직원회의 10.30 – 회견 13.30 – 핀에서 점심 15.45 – 닥터 프링 진료	**10** 09.00 – 팀에게 전화 10.30 – 연간소득 신고 13.30 – 핀에서 점심 14.20 – 회의	**11** 09.00 – T 10.30 – 13.30 – 14.20 – 15.45 –
	16 09.00 – G. 앤더슨 10.30 – 회견 13.30 – 매트와 점심 14.20 – 헬스	**17** 다롄	**18** 다롄
	23 09.00 – 중간 브리핑 10.30 – S. 필 13.30 – 핀에서 점심 14.20 – 헬스 15.45 – 전화회의 p/p	**24** 09.00 – 회의 13.30 – 핀에서 점심 14.20 – 헬스 15.45 – 닥터 프링 진료	**25** 09.00 10.3 13.3 14.2 15.4
	30 09.30 – 직원회의 10.30 – 회견 13.30 – 핀에서 점심 14.20 – 인터뷰	**31** 10.30 – 회견 13.30 – 제스와 점심 14.20 – H. 파슨스 15.45 – 닥터 프링 진료	

이제 암호를 풀어야 한다!
죽기 전 수린은 이것이 책과 관련된 암호이며,
이 숫자가 모든 밀반입자들이 소지하고 있는
책에 쓰인 글자와 관련이 있다고 했다.
과연 그 책은 무엇일까?

우린 경찰을 동원해 피살자들의
아파트에 있는 모든 책들을
가져왔고, 두 사람이 공통적으로
소유하고 있는 책을
찾아내서 낙서가 언급하고 있는
경고를 확인하는 기나긴 작업에
착수했다.

금요일

9.00 – 트레일 미팅
0.30 – 회견
3.30 – 점심

12 09.00 – 직원회의 11.30 – A. 웹 13.30 – 제스와 점심 17.00 – 닥터 프링 진료	13
19 다렌	20 10.
26 09.00 – M. 파머 10.30 – 오전 브리핑 13.30 – 점심 14.20 – 헬스 15.45 – 닥터 프링 진료	27

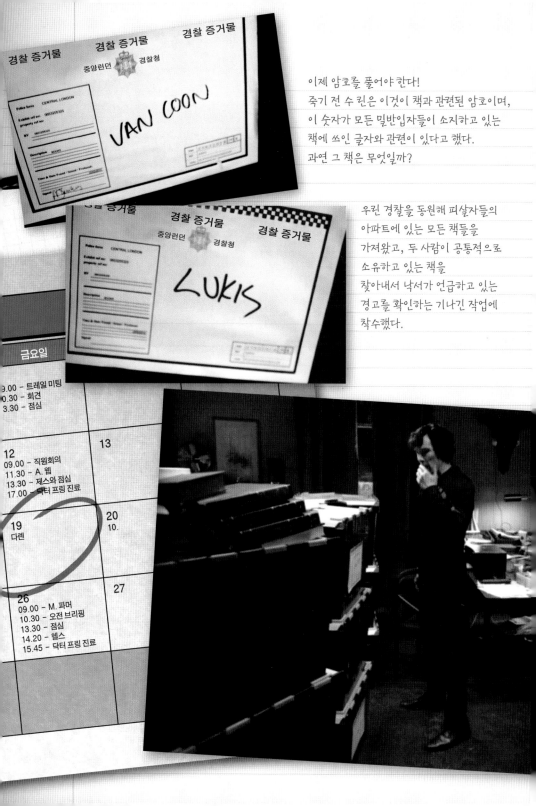

눈먼 은행가

Concise Oxford English Dictionary

콘사이스
옥스퍼드 영어 사전

> 15페이지
> 첫 번째 단어:
> 담배(cigarette)

IAIN BANKS

이언 뱅크스

> 15페이지의
> 첫 번째 단어:
> 주의력결핍증
> (ADD)

FREAKONOMICS

괴짜경제학

> 15페이지
> 첫 번째 단어:
> 상상하다(imagine)

'A phenom'
OBSERVER
'경이로운 현상' - 옵서버

'재기 있는' - 선데이 텔레그래프
'Brilliant'
SUNDAY TELEGRAPH
-stop fun'
EVENING STANDARD
'끊임없는 재미' - 이브닝 스탠더드

밤새 작업했지만 새벽이 되어서도 전혀 해결에 가까워지지 못했다.

난 마침내 일할 병원과 데이트 상대를 찾아냈다. 같은 병원에서 근무하는
사라 소여. 셜록이 모처럼 하는 데이트이니 사라를 서커스에 데려가라고 권했을 때
난 그가 꽤 친절한 사람이라고 생각할 뻔했다. 거의 그럴 뻔했다. 하지만
서커스 단원으로 가장한 '통'의 흉악한 암살자와 격투를 벌이고 난 후에는…

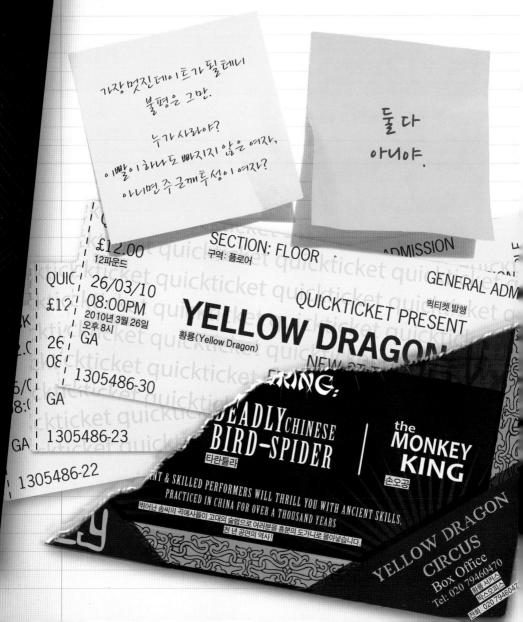

or London 런던 A-Z (런던 안내서)

15페이지
첫 번째 단어:
죽은 목숨 (deadman)

15   1

그래, 《런던 A-Z》야!
두 사람 다 가지고 있으면서,
은행과 도서관에 남긴 암호화된 메시지와
관련된 단어가 나왔다.
15페이지의 첫 번째 단어는
'죽은 목숨'이었다.
죽이겠다는 협박이었고,
두 사람은 협박을 받은 지 얼마
지나지 않아 목숨을 잃었다.
우린 결국 암호를 해독해냈다!

9

옥

백만

비녀

검은

가치가 있는

용

소굴

노면전차

옥비녀 하나의 가격이
900만 파운드에 달하다니…
반 쿤이 유혹에 넘어간 것도
놀랄일이 아니지!

'통'을 찾아내고
비녀를 찾았으니
이제 사건은 종결됐어!

나와 사라가 납치되어
거의 죽을 뻔한
작은 사고가
있었잖아!

그래, 작은 사고가 있었지만
그게 대수야?
내가 자넬 구해줬잖아!
석궁이 등장하고 가슴이 벌렁거
리는 흥분을 느꼈으면 됐잖아.
아마 평생 두 번째쯤 가는
데이트는 됐을걸?

섀드
샌더슨

뭐, 이런 멍청이가 다 있어!
저격총으로 자신의 이마를
쏴서 자살했다는 게
말이나 되니! 도대체 이런
인간이 아침에 경찰복이나
제대로 입을 수 있을까?

경찰

보고자: 디목 경위

사건 개요

본관은 에디 반 쿤 씨와 브라이언 루키스 씨의 죽음에 의심을 품고 모든 가능성을 열어놓고
수사에 임했다. 그 결과, 두 사람은 '검은 연꽃단'이라고 알려진 중국의 범죄집단에 의해
살해된 것으로 밝혀졌으며, 그들이 범죄를 위장할 목적으로 사용한 곡예단 '황룡서커스'
까지 추적했다. 그 조직의 우두머리를 체포할 뻔했으나 아쉽게 놓치고 말았다.

그날 늦은 저녁, 지금은 사용하지 않는 홀본 노면전차 역에서 공연하고 있던 집단의
대다수를 체포할 수 있었지만 우두머리 샨 장군은 그 자리를 빠져나갔다.
하지만 샨 장군은 결국 소총으로 자신의 머리를 쏴서 자살했다.

충성스러운
의사

"코난 도일은 왓슨을 아무렇게나 대했습니다." 스티븐 모팻의 말이다. "도일은 왓슨이 바보가 아니라는 사실을 항상 강조했지만, 왓슨이 정말 멍청하다는 것에 근거해서 쓴 여러 편의 소설이 있었죠! 〈춤추는 인형〉을 읽으면서 왓슨이 정말 바보라는 사실을 눈치채지 못할 독자는 없을걸요? 홈스가 왓슨에게 이렇게 말하죠. '몇 분만 생각해보면 이게 터무니없이 간단하다는 걸 알게 될걸세.' 그리고 실제로 그렇게 됐죠."

"왓슨이 정말 멍청이였다면 작품이 제대로 됐을 리가 없죠. 그랬다면 독자들이 셜록 홈스를 존경하지 않았을

테니까요. 게다가 왓슨이 자기 구두끈도 제대로 못 맨다면 어떻게 의사가 됐겠어요?" 마크 게이티스의 지적이다.

스티븐의 말이 이어진다. "왓슨이 천재가 아닌 건 분명해요. 셜록 홈스의 기준에서 본다면 다른 모든 사람들과 마찬가지로 왓슨도 멍청이일 수밖에 없죠. 하지만 왓슨은 셜록 홈스가 신뢰할 수 있는 첫 번째 사람이었다는 게 중요하죠. 이루 말할 수 없을 정도로 통찰력이 뛰어난 천재가 믿을 만하다고 여기는 사람은 극히 특출난 사람 아니겠어요? 뭐, 셜록 홈스처럼 뛰어난 형태로 예외적인 것은 아니지만, 홈스가 또 하나의 천재를 필요로 하는 건 아니니까요. 즉 존 왓슨은 홈스가 알고 있는 사람들 중에서 가장 신뢰할 수 있고 유능한 사람인 셈입니다."

그렇다. 셜록은 또 하나의 천재를 필요로 하지 않았다. 하지만 마음이 따뜻한 사람의 덕은 볼 수 있었다.

마틴 프리먼이 말한다. "셜록에게 있어서 사람들이란 단지 퍼즐의 한 조각일 뿐이죠. 하지만 왓슨은 사람들에게서 감정을 끌어냅니다. 다독이는 거죠. 이렇게 그들 콤비는 멋진 균형을 이루게 되는 것이지요. 셜록과 왓슨은 끊임없이 자신의 입장을 정당화하고, 여러분은 결국 하나의 완벽한 인간을 보게 되는 겁니다."

베네딕트 컴버배치도 마틴의 말에 동의한다.

한참 후에야 지도를 거꾸로 들고 있다는 걸 깨달은 존

완벽한 콤비, 존과 셜록

"셜록은 얼음 같은 사람입니다. 왓슨이 있어 비로소 완벽해지죠"

베네딕트는 오디션을 보면서 제작진에게 마틴을 두고 이렇게 말한 바 있다. "마틴 덕택에 제 연기가 나아집니다." 이것이 왓슨과 마틴 프리먼의 공통점일 것이다.

왓슨의 재능 몇 가지도 비범한 플랫메이트로 인해 과소평가되고 있다. 왓슨은 숙련된 의사이고, 신사이며, 학창시절에 클라리넷을 연주했고, 반사회적 행위 금지 권한도 가진 사람이다. 그는 위험을 즐길 줄도 안다.

스티븐의 말이다. "왓슨은 전쟁터를 그리워합니다. 전쟁의 스릴과 솟구치는 아드레날린, 계속되는 위험을 그리워해요. 왓슨은 홈스에서 그 모든 걸 다시 느끼고, 싸워야 할 새로운 전쟁을 찾아낼 기회를 보고 있는 겁니다."

결국 왓슨도 변화를 위한 촉매제인 것이다. 그는 셜록의 장점은 물론 부족한 부분을 판단할 수 있는 비판적인 청중이다. 셜록에게 무엇이 옳고 그른지를 최종적으로 가르쳐줄 수 있는 사람이다.

"왓슨은 도덕적 지표인 셈이죠." 마틴의 말이다. "셜록은 자신이 하는 일의 옳고 그름을 항상 고려하지는 않아요. 바로 이런 이유 때문에 세련되고 정상적인 사람인 왓슨이 필요합니다."

사건기록부 1-3:

잔혹한 게임(The Great Game)

정말이지
나의 똑똑함이
빛난 사건이었다.

보통 똑똑한 게 아니라
지나치게 똑똑했다는
얘기라면, 그래,
맞는 말이지.

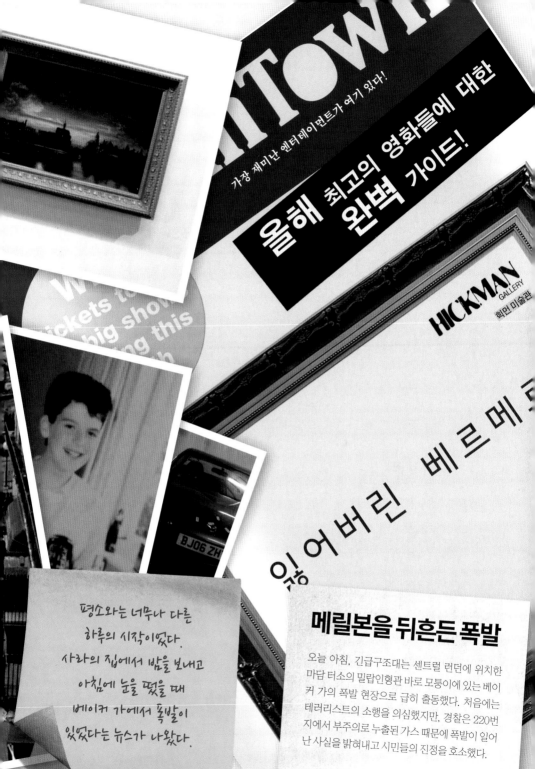

inTown

가장 재미난 엔터테이먼트가 여기 있다!

**올해 최고의 영화들에 대한
완벽 가이드!**

HICKMAN
GALLERY
힉먼 미술관

잊어버린 베르메

평소와는 너무나 다른
하루의 시작이었다.
사라의 집에서 밤을 보내고
아침에 눈을 떴을 때
베이커 가에서 폭발이
있었다는 뉴스가 나왔다.

메릴본을 뒤흔든 폭발

오늘 아침. 긴급구조대는 센트럴 런던에 위치한
마담 터소의 밀랍인형관 바로 모퉁이에 있는 베이
커 가의 폭발 현장으로 급히 출동했다. 처음에는
테러리스트의 소행을 의심했지만, 경찰은 220번
지에서 부주의로 누출된 가스 때문에 폭발이 일어
난 사실을 밝혀내고 시민들의 진정을 호소했다.

잔혹한 게임

만족할 만한 사건이 없던 탓에
셜록의 기분이 계속 지독하게 우울하긴 했지만
모든 사람에게, 그리고 모든 것에 다행스럽게도
221B번지는 평온했다.

심지어 마이크로프트가 방문했음에도 셜록의 기분은
나아지지 않았다. 셜록이 자기 형과 친한 건 아니지만,
그래도 형이 가져온 새로운 미스터리가 기분을
전환하는 효과가 있지 않을까 기대했다.
하지만 그렇지 않았다!
마이크로프트가 오물 냄새라도 묻고 온 것처럼
셜록이 뿌루퉁해하는 동안
나는 아래의 메모를 적어야 했다.

마이크로프트와 대화하며 받아 적은 기록:

* 친구들에게 '웨스티'라고 알려져 있는 앤드류 웨스트는
복스홀 크로스에 위치한 MI6에서 일반 사무원으로 근무했다.
웨스트는 밤 10시 30분에 만날 사람이 있다면서
약혼녀의 집을 떠났다.

* 웨스트는 나중에 배터시 역의 철길 옆에서 머리가 박살 난
시신으로 발견됐다. 기차에 치인 것처럼 보였다.

* 국방부는 '브루스 파팅턴 프로그램'이라는 새로운 미사일
방어 시스템을 구축하고 있는 중이었다. 그 설계도를 저장해
놓은 메모리스틱이 사라졌다. 웨스트가 유일한 용의자이다.

* 할인 교통카드는 사용하지 않았고, 시신에서는 승차권도
발견되지 않았다. 웨스트는 어떻게 기차에 탔을까?

항상 이런 식이었습니다.
어려울 때 셜록이 어땠는지
봤어야 했는데……
내가 방에 들어오기만 하면
셜록은 접시를 집어던졌다니까요.
어머니도 두 손 두 발 들었죠.
—M.

마이크로프트,
당신도 만만찮아요!
제발, 다들 내 스크랩북에 대해
왈가왈부하지 말아주세요.

그거 보안상의 확인일 뿐입니다.
이번 사건에
관한 것들은……

다 태워 없애버리지 그래요?
비밀정보부가 내 동생의 '플랫메이트'
를 암살해버리겠다고 나서면
내 입장이 영 난처한 것 같으니까요.
아니면 제가
'양육인'으로 바꾸어 불러야
하나요……

셜록은 레스트레이드의 호출을 받고 집을 나섰다. 폭발의 원인이 '가스 누출'인 것처럼 보였지만 실제로는 그렇지 않았던 것이다. 누군가가 계획한 폭발로 집은 다 부서졌지만, 셜록에게 전달될 작은 소포가 들어 있는 금고만은 멀쩡하게 남아 있었다.

소포 안에는 휴대폰이 들어 있었다. 제니퍼 윌슨의 분홍색 휴대폰을 공들여 모방한 것이었다.

셜록이 휴대폰을 열자 메시지 하나가 수신되어 있었다.
내용은 5시를 알리는 다섯 번의 '시보음'과
텅 빈 방의 사진이었다.

셜록은 즉시 그 빈방이 우리가 살고 있는 플랫의
바로 아래층인 221C라는 사실을 알아차렸다.
그 플랫에는 운동화가 놓여 있었다.

다섯 번의 시보음과
관련해서 말인데,
어떤 비밀결사들을
오렌지나 사과 씨앗
다섯 개를 경고의 의미로
보내곤 했지.

잔혹한 게임

휴대폰 벨이 울리자 셜록이 얼른 받았다.

셜록이 받은
전화 내용을 글로 옮긴 것

전화 건 사람: 안녕, 예쁜이.

나: 누구죠?

전화 건 사람: 인사차 자그마한 수수께끼를
하나 보냈는데…

나: 당신은 누굽니까? 왜 울고 있는 거죠?

전화 건 사람: 난 울고 있지 않아.
난 문자를 찍고 있고, 이 멍청한 년이 그걸
읽고 있는 거지… 내가 보낸 수수께끼를
푸는 데 12시간을 주겠다, 셜록.
풀지 못하면 아주 못되게 굴 테니 그런 줄
알라고.

셜록은 운동화를 자세히 분석하기 위해
황급히 세인트 바르톨로뮤 병원으로 향했었다.
- 두 개의 파란 줄이 들어간 1989년 산 한정판.
- 무척이나 아끼던 것으로, 더러워질 때마다
깨끗이 손질했다.
- 신발끈을 네 번 교체했다.
- 끈이 닿는 부분에 손가락 피부가 떨어져 있을 것으로
보아 소유자는 습진이 있다.
- 한쪽이 다른 쪽에 비해 더 많이 닳아 있어 소유자가
평발임을 알 수 있다.
- 서섹스의 진흙 흔적 위에 런던의 진흙이 묻어 있다.
그러므로 소유자는 서섹스에서 런던으로 온 것이다.
무척이나 아끼던 신발을(그리고 신발의 소유자도)
원래의 출발지로 되돌아가지 못했다.

칼 파워스 사건은 셜록이 겉으로 보이는 것과 진실은 전혀
다르다는 것을 입증하기 위해 마음먹고 수사에 착수한
첫 번째 사건이었다. 셜록은 소년의 신발이 사라졌다는 말을
듣자마자 범죄와 관련되어 있다는 사실을 당장 알아차렸다
(신발은 누군가 다른 사람이 가져가지 않는 한 저절로 사라질
리가 없는 법이니까). 하지만 당시 경찰은 셜록의 말을 들으려고
하지 않았다.

학교 대항 수영대회에서 발생한 비극

어제, 바운즈 그린에 위치한 앳월
포터 수영장에서 개최된 학
교 대항 수영대회에서 크나큰 비극이 발생
했다. 열두 개 학교에서 출전한 학생들은
12년 전에 전국적인 청소년 스포츠 진흥을
위해 마련한 토니 히긴스 컵을 두고 경쟁
했다.
　브라이튼에 위치한 다니엘 스트리트 종
합학교의 칼 파워스는 1천 미터 자유형에
서 우승이 유력했지만, 시합 도중 원인을
알 수 없는 경련을 일으켰다. 의료진이 파
워스를 수영장 밖으로 끌어내 응급구조를
시도했지만 너무 늦고 말았다. 사고가 발
생함에 따라 개시된 경찰 조사에서 앳월 포
터 수영장 직원들은 자신들뿐만 아니라 이
대회의 조직 관계자들도 한 점 소홀함이 없
었다고 주장했다.

인질은 풀려났다. 카렌 번이라는 여성 인질은,
콘월에 있는 자기 집에서 마스크를 쓴 두 명의
사내에게 납치됐었다. 그녀는 강요를 받아
그 지역의 슈퍼마켓 주차장으로 차를 몰았고,
그곳에서 폭발물이 몸에 부착됐다.

해결됐음.
운동화는 칼 파워스(1978~1989)의 소유임.
아직도 보툴리누스 균이 남아 있음. 베이커 가 221B로 연락할 것.

잔혹한 게임

셜록은 얼마 지나지 않아 또 한 통의 메시지
를 받았다. 이번에는 네 번의 신호음이
울렸다. 메시지에는 자동차 한 대의 사진이
첨부되어 있었는데…

비밀 문건

전화 감청 내용을 문서화한 것: 07796649870

요청자: 레스트레이드 경위

허가자: 블랜드 경찰청장

전화 건 사람: 네가 경찰을 찾아간 것은 그렇다 쳐도 녀석들에게 의존하면 안 되지.
똑똑한 너니까 칼 파워스에 대해서 충분히 추측했겠지만, 난 그 녀석을 좋아한 적이
없어. 칼이 날 비웃어서 더 이상 그렇게 하지 못하게 손을 봐줬던 거야.
이건 나와 너 사이의 문제야. 인생이란 주고받는 게 있어야 하잖아, 셜록?
그러니 염려하지 마. 내가 곧 바로잡아줄 테니까.
지난번 수수께끼는 9시간 만에 풀었지?
이번에는 8시간을 주지.

레스트레이드는 차량을 추적하여 이 차가 이안 몽포드에게
렌트됐다는 사실을 밝혀냈다. 이 차는 강 바로 남쪽에
버려져 있었다.

이안 몽포드의 것으로 보이는 많은 양의 피가 차 안에
여전히 묻어 있었다.

몽포드의 아내는 남편이 여러 달 동안 침울해 있었다고
진술했다. 아내는 남편이 자동차보험 갱신을 깜빡했기
때문에 업무용으로 차를 렌트했을 거라고 했는데,
전혀 몽포드답지 않은 행동이라고 했다. 셜록은
이 모든 사실을 몽포드의 친구인 것처럼 울먹이는 표정을
지으며 알아냈다. 정말 소름 끼치지 않을 수 없었다.

오, 마이 갓!
자네, 정말 날 소름끼치는
사람으로 보고 있는 건 아니겠지.
난 그냥 감정 조절이 잘
안 되는 것일 뿐이라고.
자네가 도와준다면
난 달라질 수 있어

셜록,
지금 또 수작 부리고
있는 거지?

정답.

□□□사: 레스트레이드 경위

허가자: 블랜드 경찰청장

전화 건 사람: 회사 이름이 야누스라는 데에 단서가 있어.

셜록 홈스: 왜 내게 단서를 주는 거지?

전화 건 사람: 사람들은 왜 뭔가를 하는 걸까? 지루하기 때문이야.

우린 서로를 위해 태어난 거야, 셜록.

셜록 홈스: 그럼 네 목소리로 직접 말하지그래.

전화 건 사람: 서두르지 마.

야누스 렌터카 회사는
스티브 이워트가 사장인데,
셜록은 그를 흘낏 보고서만
분석해야 했다.

* 피부를 태운 흔적이 뚜렷함. 이워트는 일광욕 때문이라고 주장했지만 일광욕할 때 셔츠를 입고 하는 멍청이도 있나?
* 2만 페소짜리 콜롬비아 지폐가 이워트의 지갑 안에 들어 있었다.
* 왼쪽 어깨에 예방주사 맞은 자리를 북북 긁었다.

차 안에는 정확히 1파인트(0.57리터)에
달하는 몽포드의 피가 흘러 있었다.
검사 결과, 그 피는 이전에 얼려져
있었던 것으로 판명됐다.

야누스 렌터카 회사는 아주 특별한
서비스를 제공하고 있었다.
고객들에게 새로운 신분을 주고,
그들이 예전 생활에서 빠져나오는 것을
도와준 것이다.
셜록은 주저 없이 자신의
웹사이트에 문제의 해답을 올렸다.

스티브 이워□

전화: 020 7978 184□
휴대폰: 0777□
이메일□

해결됐음.
이안 몽포드의 콜롬비아 이주를
축하함.

잔혹한 게임

비밀 문□□

전화 감청 내용을 문서화한 것: 07796649870

요청자: 레스트레이드 경위

허가자: 블랜드 경찰청장

전화 건 사람: 이번에는 약간 장애가 있는 사람이라 미안하군.
이 여자는 장님이야. 이번 건 재미있을걸? 12시간을 주지.

셜록: 왜 이런 짓을 하는 건가?

전화 건 사람: 네가 춤추는 걸 보고 싶거든.

> 미용 변신의 여왕 코니 프린스(48)의 시신이 햄스테드의 자택에서 함께 살고 있는 남동생에 의해 발견됐다. 그녀는 정원 손질 도중 녹슨 못에 손을 찔려 파상풍에 걸린 것으로 추정된다.

전화 건 □□□ □□□ 짚어 봤겠지, 안 그래? 단서들을 순서대로
연결하는 것 말이야. 3시간 남았어… 쾅쾅!

마흔여덟 살이라고?
적어도
쉰네 살은 되어
보이는데…

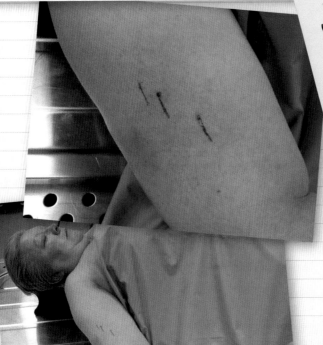

코니 프린스의 죽음에 있어 첫 번째로 의심스러운 점은 그녀의 손에 난 상처였다. 새로 생긴 상처는 깨끗했다. 파상풍으로 인해 사망하기까지는 보통 8일이 걸리는데, 상처는 그에 비해 매우 최근에 만들어진 것으로 보였다.

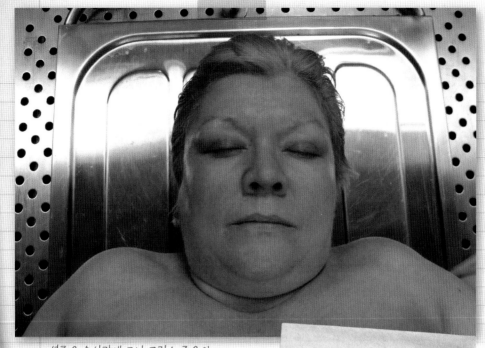

셜록은 순식간에 코니 프린스 죽음의
미스터리를 해결했다. 코니의 남동생의 동성애인인
라울 데 산토스. 그는 코니가 자신의 애인을
함부로 대하는 것에 화가 치밀어
그녀가 사용하던 보톡스 주사액을 늘리는
방법으로 코니를 살해했다.

보툴리누스 독이 사용된 건 이번이
두 번째였다.

정말 고양이를
범인으로
생각했던 건
아니겠지?

어쩌면 그 고양이가
자네의 블로그를 읽고
범죄 아이디어를
얻었는지도 모르지.

고양이는 그만 들먹여.
상당히 그럴듯한
가설이었다고.

자매병원을
차리면 어때?
경찰의 친구
존 왓슨 애완병원.

12명의 목숨을 앗아간
가스 누출

인질은 규칙을 어겼고
사람들이 죽었다.
셜록이 사건을 해결하지
못해서가 아니라,
다른 사람의 죽음을
슬퍼하지 않는다는
사실 때문에 그에 대한
내 굳건한 믿음이 약해졌다.

어제, 엄청난 폭발이 노스 리즈에 위치한 고층건물을 뒤흔들었다. 여러 층이 무너지고, 열두 명의 사망자와 여러 명의 부상자가 발생했다. 가스 공급회사인 노르가스(NorGas)는 가스관을 정기적으로 점검했다고 주장하고 있지만, 수많은 사람들이 이번 사고 역시 가스회사가 해야 할 일을 제대로 하지 않아 발생한 많은 사건 중 가장 최근에 일어난 비극적인 사건일 뿐이라고 믿고 있다.

엄밀히 말하면,
난 이 사건을
해결한 거야.

멋대로 사람을 영웅으로
만들지 마, 존.
영웅은 있지도 않고,
설혹 있다 하더라도
난 영웅이 되고 싶은
생각 없어.

비밀

감청 내용

자: 레스트레이드 경위
자: 블랜드 경찰청장

셜록 홈스: 여보세요?
전화 건 사람: 도와줘요!
셜록 홈스: 어디 계신지 말해주세요.
전화 건 사람: 그 사람 목소리가… 정말…
셜록 홈스: 그 사람에 대해 아무것도 말하지 마세요. 아무것도요.
전화 건 사람: 목소리가 얼마나 부드럽던지…

(전화 연결이 끊어짐)

앞으로 나아가는
유일한 방법은
앞으로
나아가는 것이지.

이 남자는 30대 후반이다.
약 24시간 전에 사망했다.
코와 입 주위가 상당히 심하게 멍들었고, 물속에 꽤 오랜 시간 잠겨 있었다.

이 남자의 바지는 값싸고 질긴 제품으로 사이즈가 너무 컸다.
그렇다면 고용주가 제공하는 유니폼일 것이다. 허리띠에는 무전기를 걸치는 고리가 있었다.
발바닥과 다리는 이 사내가 많이 걸었다는 증거를 보여주고 있었다.
하지만 엉덩이와 등의 군살로 보아 오랜 시간 앉아 있기도 했다. 경비원인 게 분명하다.

셔츠에서 배지가 뜯겨 나갔다. 꽤 유명한 곳에서 일했던 모양이다.
바지 주머니에는 구겨진 티켓 쪼가리가 들어 있었다.
박물관이나 미술관에서 일했던 모양이다.
힉먼 미술관에서 직원 하나가 실종됐다고 신고했는데,
실종자의 이름은 알렉스 우드브리지라고 했다.

잔혹한 게임

미술계 뉴스 – 오늘 힉먼 미술관 큐레이터 졸라 웬세스래스는
최근에 '잃어버린' 것으로 소문이 났던 네덜란드 화가
베르메르의 작품을 확보하고 있다고 발표했다.
대략 3천만 파운드의 가치가 있는 작품이다.

"이런 그림을 소유한다는 것은 정말 영광스러운 일이죠."
웬세스래스의 말이다. "모든 사람이 이 아름다움을 함께할 수
있는 특별전시의 기간을 곧 발표할 예정입니다."

악명 높은 암살자가 왜 힉먼 미술관의 경비원을
살해했을까? 경비원이 베르메르의 그림에 관해
뭔가를 알고 있어서일까? 혹시 그림이 가짜라는 사실을
입증할 수 있는 증거를 가지고 있지 않았을까?

'골렘'을
어디에 있지?

복스홀
아치에

수배범!

이름: 오스카 준다
별명: 골렘

청부살인업자. 엄청나게 큰 두 손을 이용해 피살자들의
생명을 쥐어짜내는 것으로 악명이 높음. 체코 출신이며,
40건이 넘는 죽음에 연루된 것으로 사료됨.

셜록은 미술관으로 갔고, 나는 알렉스 우드브리지의 플랫에서 조사를 벌였다.
우드브리지는 아마추어 천문가이자 방 안을 난장판으로 만들어놓는 사람이었다.
자동응답기에 녹음된 메시지 이외에는 별다른 것이 나오지 않았다.
"알렉스? 나, 케언스 교수야. 들어봐, 당신 말이 맞았어.
정말이라고. 전화 좀 줘!"

베르메르의 그림은 가짜인 게 분명했다! 하지만 가짜라는 증거가 어디에 있지?
우드브리지는 무엇을 찾아냈을까?

우린 복스홀 아치에서 골렘을 체포하려고 했지만 놓치고 말았다.
케언스 교수가 있는 곳을 전화번호부에서 확인하고 런던 플라네타룸 천문관으로 향했다.

잔혹한 게임

불행하게도, 골렘 역시 그곳에 있었다…

우린 간신히 그곳을 빠져나왔다. 케언스 교수는 우리와 같은
행운을 누리지 못했다. 아까운 시간이 흘러갔다.

작업 중인 케언스 교수

미술관으로 돌아오자 전화벨이 울렸다.
이번의 목소리는 납치된 어린애였는데,
셜록에게 베르메르가 가짜라는 사실을
입증할 것을 요구라도 하듯 카운트다운을
하기 시작했다. 입증하지 못하면 아이의
목숨은 사라질 판이었다.

—— 런던 ——
플라네 타

은하수를
탐사하다…

뭐, 내겐
그 정도면
충분한 시간이지.

힉먼 미술관

위조의 증거는 1858년에 처음 모습을
드러낸 천체인 밴 뷰런 초신성이었다.
그런데 1640년대에 그려졌다고 하는
그림의 하늘에 떡하니 밴 뷰런 초신성이
자리 잡고 있었다.
이건 셜록이 천문관의 해설에서
귀동냥한 것이었다. 셜록은 천문학을
전혀 모르기 때문에 그 이전에는
알았을 리가 없었다.
행성이나 항성에 대해서도 무지했다.
그리고 무엇이 그것들의 주위를
도는지에 대해서도 마찬가지였다.

그래, 난 중요한 것만
기억하지.
말보로 라이트와
그냥말보로의 담뱃재가
어떻게 다른지
같은 것말이야.

위작으로
밝혀진 귀즈,
한 그림!

우유가 떨어졌어.
박테리아를
배양하는 데
다 써버렸거든.

잔혹한 게임

여전히 브루스 파팅턴 설계도 문제는 남아 있었다. 나는 그 문제를 조사했다. 앤드류 웨스트의 약혼녀 루시 해리슨을 인터뷰했던 것이다.

루시 해리슨을 방문하고 알게 된 내용

* 루시는 앤드류 웨스트가 훔치지 않았다고 확신했다.

* 나는 웨스트가 아직 젊고 결혼을 앞두고 있다는 점을 지적했다. 하지만 루시는 누구나 빚을 지고 있다면서, 웨스트가 조국을 팔아먹으면서까지 빚을 청산하려고 하지는 않았을 거라고 했다.

* 웨스트는 살해당하던 날 밤에 유난히 말이 없었다. 그는 루시의 집에서 그날 밤을 보내던 중 갑자기 누군가를 만나러 나가야 한다고 했다.

* "웨스터는 그 설계도를 훔치지 않았어요. 웨스터는 좋은 사람이라고요. 내게 얼마나 잘해줬는데…"

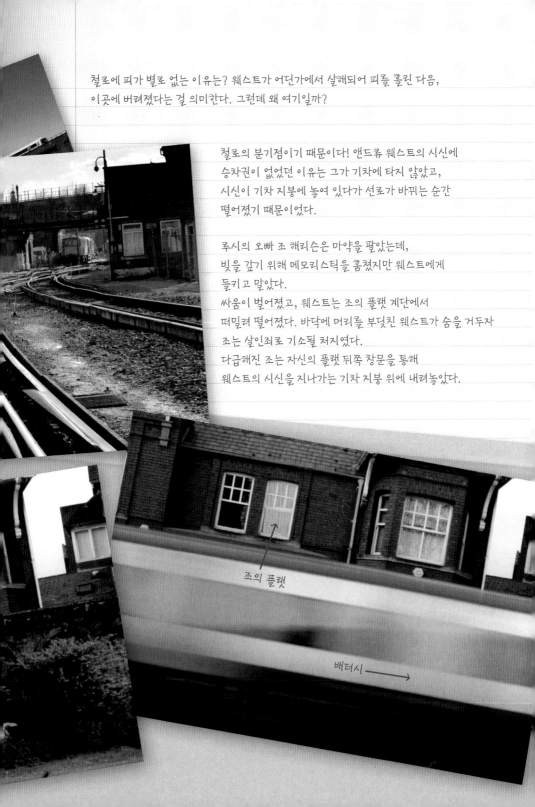

철로에 피가 별로 없는 이유는? 웨스트가 어딘가에서 살해되어 피를 흘린 다음,
이곳에 버려졌다는 걸 의미한다. 그런데 왜 여기일까?

철로의 분기점이기 때문이다! 앤드류 웨스트의 시신에
승차권이 없었던 이유는 그가 기차에 타지 않았고,
시신이 기차 지붕에 놓여 있다가 선로가 바뀌는 순간
떨어졌기 때문이었다.

루시의 오빠 조 해리슨은 마약을 팔았는데,
빚을 갚기 위해 메모리스틱을 훔쳤지만 웨스트에게
들키고 말았다.
싸움이 벌어졌고, 웨스트는 조의 플랫 계단에서
떠밀려 떨어졌다. 바닥에 머리를 부딪친 웨스트가 숨을 거두자
조는 살인죄로 기소될 처지였다.
다급해진 조는 자신의 플랫 뒤쪽 창문을 통해
웨스트의 시신을 지나가는 기차 지붕 위에 내려놓았다.

조의 플랫

배터시 →

잔혹한 게임

셜록은 물론 그 설계도를 마이크로프트에게
곧장 돌려줬겠지? 아마도 그랬을 것이다.
내 말은, 셜록이 그 자신을 파멸시키는 데
온정신을 쏟고 있는 사이코패스를 끌어내기
위해 그 설계도를 이용할 정도로 어리석지는
않을 거라는 뜻이다. 절대 그럴 리가 없다.
아무리 셜록이라 하더라도 그렇게
무모하진 않겠지?

제대로 먹히기만
하던데, 물.

'수영장' – 셜록은 칼 파워스가
죽은 그곳을 선택했다.

셜록	해결됐음. 운동화는 칼 파워스(1978~1989)의 소유임. 아직도 보툴리누스 균이 남아 있음. 베이커 가 221B로 연락할 것.	답글 달기
셜록	해결됐음. 이안 몽포드의 콜롬비아 이주를 축하함.	답글 달기
셜록	하인 라울 데 산토스. 보톡스.	답글 달기

해결됐음: 브루스 파팅턴 설계도. 만나줘.
그 수영장. 자정.

SUBMIT

제대로 먹혔다고? 그래, 제대로 먹히긴 했지.
'납치되어 밴에 처박혔다가,
온몸에 폭발물을 주렁주렁 단 채 수영장 한쪽에
내동댕이 쳐진 데다가, 수많은 저격용 소총의
레이저가 날 겨누고 있고, 모리아티는
언제든지 몸을 빼낼 수 있다'라는
면에서는. 그래, 정말 잘 먹혔든 셈이지.
알았어, 언제 또 이런 식으로 해보자고.

자넨 지금 평생
한 번 있을까 말까 한
최고의 밤을 묘사한 거야.
인정하지?

그럴지도.

능글맞은 악당

모리아티와의 대화라니. 생각만 해도 만만치않게 다가왔다. 오도誤導와 폭력, 협박 일색으로 흘러갈 게 뻔했다. 다행히 이런 악당을 연기하는 앤드류 스콧만은 달랐다. 비록 앤드류는 자신이 말하는 모든 것을 우리가 믿지 않을 수도 있다고 고백했지만.

"연기에 대해 말하는 게 쉽지 않아요." 앤드류의 말이다. "아주 본능적인 거라서요. 사람들이 이런저런 이야기를 다 해놓고 끝에 가서는 '아닐 수도 있고…'라고 덧붙이고 싶어 하는 것처럼 말이죠."

앤드류는 상당히 많은 대사를 해야 했다. 홈스의 궁극적인 적수로 등장하면서 주목받게 되고, 그에 따라 앤드류가 당연히 해야 할 일이었다. "연기를 한다는 것 자체가 사람들의 주목을 끄는 일이라 처음에는 좀 두렵기도 했지만 나와 베네딕트 그리고 마틴은 이곳저곳에서 연기 경험을 쌓았기 때문에 어느 순간 우리 각자의 몫을 순순히 받아들였죠."

앤드류가 자신이 받게 될 주목을 당장 깨달은 건 아니었다.

"음, '잔혹한 게임'의 첫 번째 초안을 받았을 때는 '짐'이라는 이름과 함께 간단하게만 소개되어 있어서 작품을 찍어 나가면서 재빨리 읽었죠. 역할에 푹 빠져들기까지 조금 시간이 걸렸어요. '오케이, 짐이라… 그래, 그렇군… 아니, 이거 짐 모리아티잖아!'"

자신의 역할을 이해하고 나서 앤드류는 모리아티 역을 연기했던 다른 배우들에 대해 어떻게 생각했을까?

"조사 같은 건 따로 하지 않고 바로 연기했습니다. 사람들이 '이걸 읽어봤어요? 저걸 읽어봤나요?'라고 물어볼 때마다, 그런 건 읽어보지 않았고 대본만 77번 읽었다고 대답했죠! 이렇게 잘 쓰여진 대본이라면 대본만 읽어도 모든 것이 이해되지 않을까요? 그렇게 함으로써 더 자유롭게 모리아티 역할을 해낼 수 있었죠."

연기에 접근하는 용감하고도 혁신적인 방법임이 분명하다.

"모리아티는 아주 능글맞은 녀석이에요. 사람이란 자신이 무엇을 해야 하는지 전혀 모르거나, 갑자기 놀랐을 때 가장 두려움을 느낀다고 늘 생각해왔습니다. 모리아티는 극적인 인물이에요. 그걸 그대로 보여줘야죠. 극단적인 행동을 하는 누군가와 혼동될 수도 있지만, 사람들은 자신을 표현하는 가장 극단적인 방법들을 가지고 있어요. 배우로서 표정을 전혀 바꾸지 않은 채 대사만을 읊는 안전한 길을 걸으려는 유혹에 빠질 수도 있었지만, 난 극단적으로 역동적이며 실질적이고 심리적인 동기가 있고, 또한 그게 정말이라는 걸 보여주고 싶었죠."

모리아티는 두 번째 시리즈의 마지막 편인 '라이헨바

셜록을 파멸시키는 데 '푹 빠져 있는' 모리아티

셜록의 강적, 짐 모리아티 역의 앤드류 스콧

흐 폭포'에서 런던탑을 무단으로 침입하는, 더할 나위 없는 극적인 모습을 보여준다.

"로시니의 〈도둑까치〉를 들으며 춤을 추는 장면이 기억납니다. 사실 이 장면은 대본에도 나와 있지 않았거든요. 그 장면을 꽤 길게 내보내주어서 정말 기뻤어요! 사악한 인간들이라고 음침하게만 행동하는 건 아니라고요. 그런 자들은 주변 사람들을 우울하고 겁먹게 만들지만 자신들은 그렇게 느끼지 않아요. 또 큼지막한 검은색 망토를 걸치고 돌아다니지도 않고요. 모리아티 역을 하면서 회색 양복을 입을 수 있다는 게 중요했어요. 사람들은 크림색 넥타이를 매는 악당이 어디 있냐며 걱정들을 많이 하더군요. 그런데 말도 안 되는 이 모든 일을 눈 한 번 깜짝이지 않고 해내는 모리아티 자체가 진짜 무시무시한 것 아니겠어요?

모리아티가 ('라이헨바흐 폭포' 편에서) 법정에 출석했을 때 그는 매우 영리했어요. 그는 사람들이 떠받들어지기를 원한다는 사실을 알고 있었죠. 나중에 셜록과 차를 마시면서는 느긋하게 원하는 바를 떠벌리며 자신을 드러내잖아요? 대본이 아주 훌륭하고 촬영이 잘된 덕분에 극히 정적인 순간이면서도 그 밑에 깔린 협박이 절절하게 느껴지지 않았나요?"

셜록과 모리아티와의 관계가 셜록과 존과의 관계만큼이나 깊고 복잡하기 때문에 그런 면이 더 두드러지는지도 모른다.

"셜록과 모리아티는 같은 사람이지만 서로 다른 길을 갔을 뿐입니다. 모리아티는 셜록과 대결을 해야 하고, 셜록만큼이나 총명하고 두뇌회전이 빨라야 하죠. 셜록을 파멸시키는 데 푹 빠져 있는데, 내 생각에는 셜록도 모리아티를 파멸시키는 데 푹 빠져 있는 것 같아요. 두 사람은 서로를 필요로 하고 있어요. 사람들이 존과 셜록의 관계를 좋아하는 것은 그들의 진한 우정 때문이죠. 반면 모리아티는 친구가 단 한 명도 없고, 사랑할 사람도 없기 때문에 반사회적인 인간이 될 수밖에 없어요.

난 모리아티의 약점을 조금도 내보이고 싶지 않았어요. 주인공의 주된 적수 역을 하는 배우는 으레 그렇게 하려고 노력하니까 기대해봤자 별 소득은 없을 겁니다. 하지만 극이 마지막을 향해 치닫고, 시청자들이 모리아티가 자살할 것임을 깨달을 때가 옵니다. 모리아티는 매우 음울하고, 고독하고, 불행한 사람이기 때문이죠."

시청자들은 앤드류의 연기에 극찬을 연발했다. 앤드류도 이 같은 찬사를 기대했을까?

"이 역할이 얼마나 성공적일지에 관해서는 거의 예상하지 못했어요. 시청자와 비평가들에게 모두 호평을 받았던 터라 방영이 되자 기대치에 부응해야 한다는 부담감이 있었죠. 지금 생각해보면 미친 짓 같지만 작품을 방영 전에 보지 않았어요. 다른 시청자들과 함께 지켜보면서 어떤 평가를 받을까 내내 걱정했을 뿐이죠.

〈셜록〉에 대한 평가를 걱정하지 않고, 내가 하고 싶은 대로 하기로 마음먹었다는 게 기뻐요. 내가 했던 연기가 원작과 좀 동떨어진 게 아닌가 하는 생각은 들었지만, 의도적으로 그런 건 아니었어요. 사실 첫 번째 시리즈에서 몇몇 시청자들은 불안해했죠. '아, 이건 아닌데. 내가 기대했던 모리아티는 이런 게 아니었어!'

그런 평가에 대해 충분히 각오하고 있었어요. 좋든 나쁘든 극단적인 반응을 이끌어내기 위해 노력했기 때문입니다. 어쩌면 대다수의 시청자들이 악당에게서 기대하지 않았던 얼굴일 수도 있겠죠. 중요한 건, 일부 사람들이 좋아하든 싫어하든 그들 반응의 한쪽 면에만 바탕을 두고 연기를 바꿀 수는 없다는 겁니다. 여덟 명이 시청하든, 8백만 명이 시청하든 내가 옳다고 느끼는 걸 해야 하는 것 아닐까요?"

잔혹한 게임
원작과의 비교

빅토리아 여왕 Victoria Regina 지루할 때면 권총 사격에 빠져드는 홈스의 습관은 원작에서 그대로 따온 것이다. 〈머스그레이브 전례문〉에서 왓슨은 '피스톨 사격은 분명히 옥외에서 해야 한다. 그런데 홈스의 여러 가지 기행奇行 중의 하나는, 손끝만 닿아도 탄환이 튀어 나가는 피스톨과 탄약상자를 곁에 두고 팔걸이의자에 걸터앉아 맞은편 벽에 총을 쏴 애국심이 돋보이는 V. R.을 장식하는 것이다. 그것 때문에 우리 방의 공기나 외관이 나아졌다는 느낌은 전혀 들지 않았다.'라고 기록하고 있다. V. R.은 Victoria Regina의 약자로 '빅토리아 여왕 치세'를 뜻하는 라틴어이다. 현재는 빅토리아 여왕의 치세가 끝난 상황인 데다, 셜록의 성향도 왕가에 별로 충성심을

보이지 않기 때문에 TV 시리즈에서는 셜록이 단순히 웃는 얼굴을 만들어내는 것으로 대체했다('눈 먼 은행가' 편에서도 '통'이 비슷한 페인트를 사용했다).

내 두뇌는 하드디스크라고! "'잔혹한 게임'에서 전달하고자 했던 것은 셜록도 어떤 면에서는 깜짝 놀랄 정도로 무지하다는 사실이죠." 작가 마크 게이티스의 말이다.

도일은 셜록이 천문학에 관해 아는 게 거의 없다는 셜록과 존의 대화와 거의 똑같은 내용을 썼다. "그래서 어쨌다는 건가?" 홈스는 명백한 사실에 무지하다는 말을 들었을 때 소리를 지른다. "지구가 태양 주위를 돈다고? 지구가 달 주위를 돈다고 해도 나나 내 일에는 한 푼의 영향도 미치지 않는단 말이야."

마크의 말이 이어진다. "그 말이 정말 멋졌어요. 그리고 그것에 대한 설명도요. 홈스가 '쓸데없는 지식을 머릿속에 집어넣으면 중요한 걸 집어넣을 데가 없잖은가.'라고 하는 것 말이에요!"

내 블로거가 없으면 어쩔 뻔했어 홈스가 등장하는 첫 번째 단편 〈보헤미아 왕국 스캔들〉에서 홈스는 "보즈웰이 없으면 어쩔 뻔했어."라고 하는데, 새뮤얼 존슨의 전기 작가로 유명한 제임스 보즈웰을 언급한 것이다.

브루스 파팅턴 설계도 1912년에 처음 출간된 〈브루스 파팅턴 설계도〉는 현재의 상황에 맞도록 많은 부분 보완이 이루어지긴 했지만 '잔혹한 게임'에서 거의 그대로 묘사되고 있다. 원작에서 마이크로프트는 홈스에게 브루스 파팅턴 잠수함(미사일이 아니라) 설계도를 찾아달라고 하고, 설계도는 메모리스틱에 담긴 데이터파일이 아니라 종이에 인쇄된 것이었다. 그래도 원작과 동일하게 주된 용의자뿐만 아니라 시신도 철로 옆에서 발견된다. '잔혹한 게임'에서 웨스트를 살해한 사람은 조 해리슨인데, 이 이름은 이와 유사한 사건을 다룬 〈해군 조약문〉에서 따온 것이다.

다섯 번의 시보음 〈다섯 개의 오렌지 씨앗〉에서 홈스는 우편물을 통해 다섯 개의 마른 오렌지 씨앗을 받은 사람의 사건을 조사한다. 이것은 경고의 의미인데, 이 작품에 나오는 다섯 번의 그리니치 시보음과 같은 성격이다.

백 날 보면 뭐해? 관찰을 해야지 홈스는 〈보헤미아 왕국 스캔들〉에서 레스트레이드에게 똑같은 충고를 했다.

잔돈 있어요? "그들은 어느 거리에나 있어요. CCTV처럼 살아 있는 카메라인 셈이죠." 마크 게이티스의 말이다. 도일의 작품 속 홈스는 거리의 부랑아들 집단인 '베이커 가 특공대'를 활용했는데, 셜록은 노숙자들의 네트워크를 가지고 있다. 그들은 고용주를 위해 눈에 띄지 않게 런던 거리를 돌아다니며 정보를 수집한다.

VAUXHALL ARCHES

강철 같은 진실,
칼날 같은 올곧음
(Steel True, Blade Straight)

*"만약 100년이 지나도 내가 셜록 홈스를 창조해낸 사람으로만 기억된다면,
나 스스로 내 인생을 실패작이라고 생각하게 될 것이다."*
- 아서 코난 도일 경

에든버러에서 대가족의 일원으로 태어난 아서 이그나티우스 코난 도일은 가난에 찌든 어린 시절을 보냈다. 아버지는 만성 알코올중독자였고, 어린 도일은 허구의 세계를 도피처로 삼았다. 훗날 그는 어머니가 읽어줬던 이야기들이 마음을 진정시켜줬다고 회고했다. "아주 어렸을 때, 다른 건 모르겠지만 어머니가 읽어주신 이야기들이 너무 생생하게 머릿속에 남아 현실 세계를 받아들이기 힘들 정도였다."

아홉 살이 되자, 부유한 친척들은 도일의 학자금을 대기로 결정하고 잉글랜드로 보내 엄격하기로 소문난 예수회 기숙학교에 입학시켰다. 도일은 그곳이 끔찍하게 싫었지만 열심히 공부해서 열일곱 살에 졸업했다. 나중에 도일은 이렇게 썼다. "몹시 어려웠던 때에 공부할 수 있었던 것이 내게는 잘된 일이었던 것 같아. 왜냐하면 내가 거칠고, 다혈질인데다가 좀 무모했거든. 그런데 그 시대가 정열과 근면을 필요로 하던 상황이라 그런 미덕들을 갖추려고 노력해야 했단 말이지. 어머니는 정말 탄복할 만한 분이었고, 절대 실망시킬 수 없었지."

도일은 에든버러로 돌아오자마자 가장 먼저 입원명령서에 공동으로 서명해 아버지를 정신병원에 입원시켰다.

어머니는 생계를 이어가기 위해 하숙을 쳤는데, 하숙인들 중의 한 명이 도일에게 큰 영향을 미쳤다. 도일의 가족들 대부분은 예술계 쪽으로 나갔지만, 젊은 의사 브라이언 찰스 월러는 도일을 다른 쪽으로 나아가도록 자극했다. 월러는 도일을 에든버러의 의과대학에서 수련하도록 격려했고, 도일은 그곳에서 교수인 닥터 조셉 벨을 만났다. 닥터 벨은 추론 과정과 잦은 기행으로 셜록 홈스의 특징 형성에 큰 영향을 끼쳤다.

도일은 의학 수련을 하는 도중에 첫 번째 소설 〈사사싸Sasassa 계곡의 미스터리〉를 썼다. 당시에 그가 좋아했던 에드거 앨런 포와 브렛 하트의 영향을 받은 작품이었다. 이 작품은 에든버러에서 발행되던 잡지 〈체임버스 저널〉에 실렸는데, 여기에 토머스 하디의 데뷔작도 실린 바 있다. 도일의 두 번째 소설 〈미국 이야기〉는 두어 달 후에 〈런던 소사이어티〉에 실렸다.

의학 공부를 한 지 3년째 되던 해, 도일은 포경선 호프호의 선의船醫 자리를 제안받았다. 모험을 할 수 있다는 기대감에 제안을 받아들였고, 험하게 구는 선원들에게 피해를 볼 뻔도 했지만 북극을 선회하는 여행을 즐겼다.

위대한 아서 코난 도일 경

도일은 다음 해에 마지못해 의학 공부를 계속하기 위해 돌아왔다.

졸업 후, 도일은 호프 호에 승선해서 만끽했던 모험을 다시 할 수 있을 거라는 희망을 품고 리버풀과 아프리카를 오가는 증기선에 자리를 잡았다. 불행히도 그 자리가 싫어져 곧 사임하고 말았다. 파산할 지경이 되자 도일은 포츠머스로 이사해 일반의로 개업했다. 개업 당시에 자신이 살고 있는 집의 방 두 개(환자들이 다 들여다볼 수 있는 방)에만 가구를 들여놓을 정도로 가난했던 처지라서 수입을 늘리기 위해 3년 동안 죽어라 일했고, 결국에는 탄탄한 기반을 닦을 수 있었다.

도일은 유능한 스포츠맨이었고, 현재의 포츠머스 FC 이전에 존재했던 아마추어 팀인 포츠머스 축구 클럽의 골키퍼로 활약했다. 또한 영국 크리켓 연맹 본부의 크리켓 선수로도 뛰었고, 전설적인 선수 W. G. 그레이스와 시합하여 이긴 적도 있었다. 스포츠로서의 스키를 최초로 시작한 사람 중의 하나였고, 스키 타기에 좋은 지역을 찾아 노르웨이에서 스위스까지 여행했다. 함께 스키를 타자고 지역 주민 두 명을 설득해서 남들의 비웃음을 피해 밤중에 연습했다. 도일은 이렇게 썼다. "나는 확신한다. 앞으로는 스키 시즌에 수백 명의 영국인들이 스키를 타러 스위스로 올 거라는걸."

1885년, 도일은 루이자 호킨스와 결혼했고, 의사로서의 활동과 소설을 쓰고자 하는 욕구 사이의 균형을 절묘하게 유지해 나갔다. 다음 해에 도일은 〈헝클어진 실타래〉라는 단편소설을 집필하기 시작하는데, 셰리던 호프라는 자문탐정과 의사인 그의 친구 오먼드 새커가 등장하는 모험소설이었다. 1888년에 이 소설은 《주홍색 연구》가

되었고, 등장인물의 이름은 셜록 홈스와 닥터 존 왓슨으로 바뀌었다. 〈비튼의 크리스마스 연감〉에 발표된 이 작품은 대단한 성공을 거뒀지만, 도일은 자신의 다음 작품 《마이카 클라크》를 더 만족스럽게 여겼다. 비록 그런 제목을 들어본 사람은 몇 명 되지도 않았지만.

도일의 작품은 특히 미국에서 커다란 인기를 얻었다. 1889년, 도일은 필라델피아에 근거를 둔 성공한 월간지 〈리핀코트〉의 발행인 조셉 마샬 스토다트의 만찬 초대를 받았다. 그때 함께 초대됐던 이가 오스카 와일드였는데, 두 사람은 극단적으로 성향이 달랐음에도 의기투합하여 스토다트가 영국에서 발간하는 잡지에 작품을 싣기로 합의했다.

와일드가 쓰기로 약속한 작품은 《도리안 그레이의 초상》이었고, 도일이 쓰기로 한 건 홈스가 등장하는 두 번째 소설 《네 개의 서명》이었다. 도일은 약속을 지키기 위해 평생 자신의 최고 작품이라고 여겼던 《백의단The White Company》의 집필을 미뤄야 했다. 《백의단》은 곧 출판이 되긴 했지만 홈스가 등장하는 작품들과 같은 갈채와 주

목을 받지는 못했다. 이로써 도일의 창작생활 공식이 정립된 셈이었다. 편집자와 독자들은 셜록 홈스를 원하지만, 도일은 '진지한' 새로운 작품을 쓰고 싶어 했다. 이러한 불균형은 그 후로 평생 도일을 괴롭혔다.

도일은 런던에서 개업했지만, 자서전에 의하면 단 한 명의 환자도 찾아오지 않았다. 한가한 시간을 이용해 작품을 쓰기로 결심한 도일은 〈스트랜드〉 잡지에 홈스 시리즈를 게재했다. 이 단편들이 경이적인 성공을 거두자 도일은 마침내 의사로 성공하겠다는 욕심을 버리고 전적으로 집필에만 집중하리라고 마음먹었다.

1891년부터 1893년까지 도일은 홈스가 등장하는 스물네 편을 썼고, 최후의 작품인 〈마지막 사건〉에서 주인공을 죽이는 것으로 끝을 맺었다. 도일은 홈스에 싫증이 났고, 필사적으로 다른 작품을 쓰고 싶어 했다. 도일은 '범죄의 나폴레옹'이라고 불리는 홈스 최대의 적 모리아티 교수를 창조해냈고, 홈스를 스위스의 어느 산길에서

모리아티를 껴안고 라이헨바흐 폭포로 뛰어들게 했다. 그 결과, 〈스트랜드〉는 2만 명의 구독자를 잃어버렸다. 도일은 그런 것엔 신경도 쓰지 않고 새로운 프로젝트로 자신을 내몰았다. 도일은 새로운 작품에 너무 열중한 나머지 아내의 건강이 극히 나빠졌다는 사실도 알아차리지 못했다. 아내가 아프다는 게 눈에 들어왔을 때는 더 이상 손을 써

볼 방법이 없었다. 루이자는 결핵이라는 진단과 함께 앞으로 두어 달밖에 살 수 없다는 통보를 받았다. 도일은 이러한 통보를 순순히 받아들이지 않고 밤낮으로 아내를 간호했다. 루이자는 수년 동안 더 생존했지만, 두 사람의 관계는 이미 아내와 남편이라기보다 의사와 환자에 불과했다.

아내의 병환과 뒤이은 아버지의 죽음으로 절망한 도일은 오컬트 연구에 빠져들기 시작했다. 오컬트에 관심을 갖다가 이내 자신의 삶 자체가 그것에 휘말렸다. 도일은 '심령연구회'에 가입하고, 강신술降神術에 심취했다.

1897년 봄, 도일은 자신이 스코틀랜드의 영웅 롭 로이의 후손이라고 주장하는 24세의 메조소프라노 진 레키

홈스와 모리아티의 최후의 전투를 그린 유명한 삽화

를 만났다. 도일은 곧 그녀를 사랑하게 됐지만, 모든 사람의 예측을 벗어나 그때까지 목숨을 이어가고 있는 아내를 존중했고 감정대로 행동하지 않았다. 그렇지만 도일과 진은 가까운 친구 사이로 지내다가 10년 후에 결혼했다.

셜록 홈스는 19세기가 끝나기 직전에 한 번 더 등장했다. 돈이 필요했고, 돈을 확보할 확실한 방법을 알고 있던 도일은 홈스가 등장하는 연극을 집필했다. 유명한 미국인 배우 윌리엄 질렛은 연극 대본에 만족했지만, 어느 정도 수정해도 좋은지 물었다. 이에 대해 도일은 별로 신중하지 못한 답신을 보냈다. "홈스와 결혼하거나 그를 살해하거나 뭐든 당신 좋을 대로 하시오."

월리엄 질렛이 제작한 셜록 홈스

질렛은 바로 작업에 착수해 대본의 길이를 늘였고, 홈스 연극은 미국 전역에서 성황리에 공연을 마친 다음 1901년에 런던에 입성했다. 영국의 비평가들은 각박한 평들을 쏟아냈지만 사람들은 연극을 보러 몰려들었고 커다란 성공을 거뒀다.

그동안 도일은 종군기從軍記를 쓸 목적으로 보어전쟁에 지원병으로 참전했지만, 집필보다는 먼저 국가를 위해 싸워야 할 필요를 느꼈다. 심성이 모질지 못한 그는 군의관으로 복무했다. 도일은 아프리카에서 수개월을 지내는 동안 전투보다 장티푸스에 의해 더 많은 병사들이 사망하는 모습을 지켜봐야 했다. 전쟁에 대해 5백 페이지에 달하는 방대한 논문을 작성한 그는 허탈한 심정을 안고 귀국했다.

도일은 정치를 하겠다는 뜻을 품고 센트럴 에든버러 지역 의원에 출마했다. 그러나 근소한 차이로 패하자 다시 런던과 셜록 홈스로 돌아왔다. 도일을 그토록 괴롭혔던 탐정은 모리아티와 죽기 전의 상태로 연재소설에 재등장했다.《배스커빌 가의 사냥개》는 홈스가 등장하는 작품 중에서 가장 큰 유명세를 타며 칭송을 받았다. 도일은 홈스가 죽음에서 벗어난 방법을 고안해낸 뒤로는 더 이상 고민하지 않고, 1903년부터 쭉〈스트랜드〉에 연재될 새로운 소설들을 집필했다.

1906년, 루이자는 폐결핵 진단을 받은 지 13년 만에 도일의 품 안에서 마침내 숨을 거뒀다. 도일은 또다시 우울증에 빠져들었고, 자신이 탐정 노릇을 함으로써 나쁜 기분을 떨쳐버리려고 애썼다. 인디언 혼혈의 젊은 변호사 조지 에달지George Edalji는 협박편지를 썼다는 것과

가축을 살해했다는 혐의로 유죄선고를 받았다. 그러나 에달지가 수감된 이후에도 가축 살해가 계속됐고, 그의 시력 또한 극도로 좋지 않아 그런 유의 범죄를 저지를 수 없다는 걸 확인한 도일은 판결을 뒤집기 위한 투쟁에 나섰다. 도일은 결국 성공했고, 이 사건은 2005년에 출판된 줄리안 반스의 소설《아서와 조지》의 바탕이 됐다.

다음 해에 도일은 드디어 진 레키와 결혼했고, 평생 처음으로 행복한 나날을 보내기 시작했다. 그는 루이자와의 결혼생활에서 두 아이를 얻었는데, 아이들과 진을 데리고 런던을 벗어나 서섹스의 오두막집으로 이사했다. 그곳에서 도일은 연극 대본 집필에 몰두했다. 그 대부분은 성공을 거두지 못했지만. 도일은 이전에도 자주 그랬던 것처럼 은행에 저축해놓은 돈이 아슬아슬해지자 다시 홈스로 돌아왔고, 단편〈얼룩 끈의 비밀〉을 연극용으로 전환했다. 이 연극은 '어린아이나 동물을 출연시키지 말라'는 연극계의 오래된 격언을 무시하는 문제가 있었지만 성공을 거뒀다. 도일은 제작 과정에서 배우들과 스태프들의 의견을 묵살하고 연극에 실제 뱀을 등장시켜야 한다고 강변했다. 그는 시간이 한참

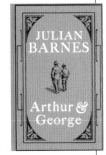

지나서야 자신의 결정이 실수였다는 걸 마지못해 인정했다. "비단뱀은 뭉툭한 노란색의 초인종 끈처럼 축 늘어져서 매달려 있지도 못했어. 꼬리를 얻어맞으니까 움츠러들지 않고 자신을 때린 무대장치 담당자에게 달려들었는데, 이건 대본에 없는 것이었지."

도일이 많은 연극과 그의 또 다른 영웅 챌린저 교수를 소개한 과학소설《잃어버린 세계》를 집필한 것 이외에 성공한 부문은 자녀의 출산이었다. 데니스와 에이드리언이라는 아들 둘과 진이라는 딸 하나를 더 얻었다. 정말이지 행복한 나날이었다.

제1차 세계대전이 발발함에 따라 그 모든 게 바뀌고 말았다. 도일은 참전하려고 했지만 55세에 군인으로 복무하는 건 너무도 힘겨운 일이었다. 그 대신 시민 방위군을 조직하는 데 힘쓰고, 육군성에 해군용으로 팽창식 구명보트와 구명벨트를, 최전선의 사병용으로 방탄복을 제공할 것을 제안했다. 도일의 제안들을 대다수의 사람들은 할 일 없는 노인네의 넋두리로 치부해버렸지만 윈스턴 처칠은 시간을 내서 좋은 의견에 감사드린다는 말을 전했다.

도일은 전쟁 중에 아들 하나와 형제 하나, 두 처남, 두 조카를 잃었다. 1919년, 그는 또다시 강신술로 관심을 돌렸다. 이제는 그것만이 생활의 전부를 차지했고, 향후 7년 동안 소설은 거의 쓰지 않고 비전秘傳에 관한 것들만 써댈 뿐이었다. 도일은 25만 파운드를 끌어들여 혼령과 교신하는 연구에 사용했고, 아내 진을 부추겨 트랜스라이팅*의 '기술'을 개발하도록 했으며, 요정들을 찍은 것

---

* trance-writing: 몰아경(트랜스)에 빠진 것 같은 '무의식의 상태'에서, 판단을 하지 않고, 마음속에 떠오르는 대로 빠르게 쓰는 것.

'코팅리 요정'을 소재로 한 가짜 이미지

다. 도일은 어느 누구에게도 들키지 않고 침대에서 몰래 빠져나가 정원을 산책하는 마지막 자유시간을 누렸다. 나중에 그는 심장을 꼭 움켜쥔 채 똑바로 누운 모습으로 발견됐다. 다른 한 손에는 한 송이 순백색의 스노드롭(아네모네의 일종)을 쥐고 있었다. 다시 침대로 실려온 도일은 몇 주일 후에 세상을 떠났다. 그가 정신을 잃기 전에 아내에게 마지막으로 중얼거린 말은 이랬다. "당신은 정말 멋진 여자요."

이라고 주장한 코팅리 요정Cottingley Fairies 사진에 지원을 아끼지 않았다. 도일은 몰랐지만 이 사진은 훗날 사기인 것으로 밝혀졌다. 일련의 논픽션과 논문들을 집필한 이후에 도일은 다시 소설로 돌아왔지만 그 주제는 심령술적인 요소가 농후한, 챌린저 교수가 등장하는 《안개에 싸인 땅》이었다. 불행히도 이처럼 초자연적인 현상에 푹 빠진 탓에 도일은 탈출 전문가이며 마술사인 해리 후디니와의 우정을 희생해야만 했다. 후디니는 사기를 치는 영매들을 자신의 능력과 기법을 이용해서 폭로하며 신비주의를 강하게 비판했다. 후디니에 의해 드러난 증거들을 믿을 수 없던 도일은 후디니야말로 강력한 영매이며 그가 신비주의의 방법을 통해 모든 수법을 터득했다고 주장했다. 이로 인해 두 사람은 공공연히 말다툼을 벌이게 되고, 도일은 후디니를 '위험한 적'으로 낙인찍었다.

1920년대가 끝나갈 무렵, 도일은 죽음을 눈앞에 두었다. 그는 1929년에 네덜란드와 덴마크, 스웨덴, 노르웨이를 돌아보는 마지막 '심령 여행'을 떠났다. 이미 협심증이라는 진단을 받았던 터라 신체를 혹사한 데 따른 대가를 지불해야 했고, 결국 침대에 실린 채 영국으로 돌아왔

햄프셔 주 민스테드에 있는 도일의 마지막 안식처

자고 일어나니
스타가 되다

"〈셜록〉은 터무니없을 정도로 큰 성공을 거뒀죠." 스티븐 모팻이 폭소를 터뜨리며 말했다. "우리가 좋아서, 그냥 버리는 셈치고 만들었던 건데… 대박이 났네요."

첫 번째 시리즈가 끝나자마자 시청자와 평론가들은 '단지' 세 편만으로 이뤄졌다는 사실을 한탄하며 더 많이 만들어줄 것을 극성스럽게 요구했다.

두 번째 시리즈는 도일의 〈보헤미아 왕국 스캔들〉을 각색했다.

두 번째 시리즈는 도일의 〈보헤미아 왕국 스캔들〉을 각색했다

"한 해에 그 이상을 만들 충분한 시간이 없다는 게 문제죠. 이 세 편은 극장용 영화와 다를 바가 없고, 제작하는 데도 그만한 노력과 시간이 드니까요." 마크 게이티스의 말이다.

스티븐도 동의한다. "우린 작품 하나하나가 특별하게 느껴지길 원했어요. 아름답게 보이고, 하나의 이벤트처럼 느껴지게요."

스티븐과 마크가 가장 유명한 세 편의 소설에 전력을 쏟기로 결정하면서 이벤트와 같은 성격은 분명해졌다. 셜록 홈스 뺨치는 여인이 등장하는 〈보헤미아 왕국 스캔들〉, 영화로 가장 많이 만들어졌던 《배스커빌 가의 사냥개》, 그리고 모리아티가 지배하는 세상을 없애기 위해 홈스가 목숨을 버리는 것처럼 보이는 〈마지막 사건〉이 바로 그것이다.

"재미있는 것을 뒤로 미룰 이유가 있나요?" 스티븐이 반문했다. "이 작품들 이후에도 가볼 곳과 지켜볼 모험이 수두룩한데요. 이 사건들은 우리의 영웅의 초창기 활약일 뿐이잖아요."

시청자들이 마지막으로 셜록과 존을 본 이후, 소문이 얼마나 빨리 도는지 놀라울 정도였다. 처음에는 치료 목적으로 연 존의 블로그가 세계적으로 유명세를 누렸고, 셜록은 작품 속 가공의 세계에서도 현실 못지않은 수많은 팬을 거느리게 됐다. 적어도 화면에서는 셜록과 존이 거리를 활보하는 것처럼 보이지만, 실제 촬영이 있는 날에는 상상을 초월하는 일이 벌어진다. 수많은 사람들이 허구로 만들어진 221B에 몰려들어 뭔가 정보가 될 만한 걸

시리즈가 진행됨에 따라 한층 깊어지는 존과 셜록의 우정

얻을 수 있지 않을까 하는 기대를 품고 눈과 귀를 총동원한다.

"마치 거리연극 같았어요." 베네딕트 컴버배치도 수긍한다. "촬영하는 내내 수백 명의 사람들이 도로 맞은편에 몰려 있었으니까요."

셜록의 가운을 입은 아이린 애들러 역의 라라 펄버가 트위터에 등장하자, 인터넷의 절반은 후끈 달아올랐다. 인터넷의 나머지 절반은 3시즌의 촬영에 들어가면 불이 지펴질 게 분명하다.

셜록의 경력이 화려해졌을 뿐만 아니라 플랫메이트와의 관계도 한층 나아졌다.

"둘의 관계도 달라집니다. 서로에게 여전히 불만이 있겠지만 점차 가까워지죠. 성숙해졌다고나 할까? 진정한 친구가 되어갑니다." 베네딕트의 말이다.

스티븐이 덧붙인다. "우리도 흥겹다는 게 뭔지를 보여주게 되겠죠. 학창시절의 악동 같은 모습들을요."

마크의 말도 들어보자. "그냥 한곳에 머물러서는 안 되죠. 등장인물들은 변해야 하는 법입니다."

만약 존이 여전히 모든 것에 어리둥절한 모습을 보이고, 셜록이 냉랭한 모습을 유지하고 있다면 시청자들은 새로운 시리즈가 시작되기까지의 빈 시간 동안 두 사람이 한 번이라도 정말 함께 지낸 적이 있는지 의아해할 것이다. 셜록과 존은 서로를 보완하고 한쪽의 잘못을 바로잡아주는 친구이다. 다시 만날 때 그들은 더욱 강한 결속을 보여줄 것이다. 그리고 그들은 '그 여자'와 사냥개와 추락에 당당하게 맞설 것이다.

톰 커닝햄은 아내가
사무실에서 초과근무를
너무 많이 한다고
걱정했어.

조안 로빈슨은
남편이 불륜을 저지르고
있다고 생각해.

헥터 마르티네즈는
할머니의 유골이
바뀌었다고 믿고 있어.

불륜, 맞는데.

근에 인터넷에서 센세이션을 불러일으
기고 있다. 함께 살면서도 애인관계가 아닌 게 분
명한 두 사람은 무능한 경찰을 도와 세간의 이목을
끄는 다수의 사건을 해결했다. 사이코패스 택시기
사부터 TV프로그램 진행자였던 코니 프린스 살
해 사건까지 다양하다. 두 사람은 경찰청이 허둥
대고 있는 사건들을 곧잘 해결하곤 했다.
    셜록에 관해서는 별로 알려진 바가 없지만, 37
세의 존은 아프가니스탄에 참전한 용사로 밝혀졌
다. 참전용사가 이제는 작가로 변신한 것이다. 그

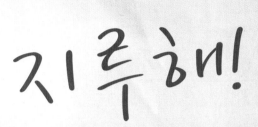

지루해!

데브라와 마리아 윌킨슨은 할아버지가 돌아가셨을 때 어른들이 할아버지의 얼굴을 못 보게 했대.

레너드 커민스(와 그의 수행원들)는 중요한 '사업' 정보가 들어 있는 컴퓨터 데이터베이스를 도난당했대. 셜록, 자네가 찾아주면 좋겠다고 부탁하던데?

플라이어웨이 항

승객명:
존코니스턴

좌석번호: 탑승게이트
11B **A**

항공편 번호: 목적지:
007 **베를린**

PLEASE RETAIN THIS PART OF YOUR TICKET THR

레스트레이드는 우리를 서더크로 데려가 트렁크에 시신이 들어 있는 버려진 자동차로 안내했대. 여권과 탑승권에 의하면 이 남자는 어제 추락한 독일 여객기에 탑승하고 있어야 했다.

찰스 매카시라는 도보여행자가 둔기로 뒤통수를 한 대 얻어맞고
사망한 시신으로 발견됐다.

시신은 동물사료 판매원
빌 크라우더에 의해
발견됐다.

어쩌면 이 사람은
도로에 서 있는 동안
자기가 파는 동물사료를
먹었을지도 몰라.

크라우더는 차가 서버리는 바람에 계곡에 갇혀 있었다.
그때 냇가에 서서 하늘을 올려다보고 있는 매카시를
발견했다. 크라우더는 차 엔진이 역폭발하자 정신이
산만해졌다. 다시 매카시 쪽을 쳐다봤을 때,
그는 죽어 있었다.

홈스는 힐끗 보는 것만으로도 매카시가
최근 외국을 여행하고 돌아온 노련한 스포츠맨이라는
사실을 알아냈다. 그럼 무엇이 그를 살해한 걸까?

엔진의 폭발음이 매카시의 주의를 분산시켰다.
매카시는 해외여행에서 사온 부메랑을 막 날리고서
하늘을 올려다보고 있었던 것이다.
폭발음이 들려온 곳으로 눈길을 돌리는 순간,
부메랑이 되돌아와 그의 뒤통수를 갈기고
시냇물에 떨어져 쓸려 내려갔다.
단순한 사건.

식은 죽 먹기지.
자네같은 멍청이들을
평소처럼 머리를
벅벅 긁고 있었지만.

벨그레이비어 스캔들
(A Scandal of Belgravia)

오늘은 먹을 수
있을까 생각했는데,
먹을 게 하나도 없더라고.
좀 사다줄 수 있어?

THE WOMAN

KNOW WHEN YOU ARE BEATEN

HOME   SESSIONS   CONTACT   JOIN
홈   세션   접속   가입

EVERY FANTASY.
모든 판타지.

EVERY SHUDDER OF
EXCITEMENT.
모든 흥분의 전율.

EVERY DIRTY LITTLE SECRET.
모든 종류의 외설적인 작은 비밀.

OF THE WOMAN.

KNOW WHEN YOU AR

HOME   SESSIONS   CONTA

SOME ARE BORN TO RULE
어떤 사람들은 지배하기 위해 태어난다.
SOME ARE FORCED TO SERVE
어떤 사람들은 봉사하도록 강요받는다.
WHEN YOU WORSHIP AT THE FEET OF TH
YOU'LL BE IN THE PRESENCE OF YOUR GO
'그 여자'의 발아래에 엎드려 경배할 때 당신의 신이 현신했음을 알게
YOU'LL WHIMPER, YOU'LL CRY, YOU'LL FEEL EV
그 여자'의 발아래에 엎드려 경배할 때 당신의 신이 현신했음을 알게
- PHYSICALLY AND MENTALLY.
당신은 흐느끼고, 통곡하고, 느낄 것이다. 육체적으로 혹은 정신적으
YOU WILL KNOW WHEN YOU ARE BEATEN
그렇게, 당신은 그 여자에게 당했음을 알게 되리라.

벨그레이비어 스캔들

셜록은 여러 달 동안 꽤 바빴다.
드높아진 명성 때문에 수많은 의뢰인들이
우리 플랫의 문을 두드렸다.

그러다가 마침내 저명한 의뢰인이 찾아왔다.
보안요원들과 개인용 헬기까지 대동하고서.

지루한 의뢰인들이
따분한 문제들을 해결해달라고
찾아왔을 뿐이야. 멍청이들.
애인에게 버림받거나 잘 다루지도
못하면서 부메랑을 날리는 것들.
대부분 정말 짜증 나.

자넨 정말 감동을 잘 받는군.
만약 그 사람이 손질이
잘되어 번쩍이는 제복을
입고 있었다면 절친이
돼줄 수 있느냐고
물어봤겠지?

7급 이하의 사건에는
내가 나서지
않을 거라고
약속했지?

우리의 의뢰인이 어디에
있는지 알고 있지만
이 시점에서는 이 사건이
얼마나 흥미로울지
판단할 방법이 없었어.
그건 원칙의 문제거든.

난 헬기를 타고 누구나
알 만한 곳으로 날아갔다.

셜록이 그곳에 있었다.
몸에는 아무것도 걸치지 않은 채
침대 시트에만 감싸여 있었다. 분명히 그랬다.

~~마이크로프트에 의하면, 아이린 애들러
('그 여자'로 알려진, 유명한 '가학적 음부')는
왕실 누군가의 위신에 해가 될 사진들을 가지고 있었다.
마이크로프트는 셜록이 그 사진들을
빼내오길 원했다.~~

그게 느껴지나요, 존?
목덜미에 비단이 스치는 것 같은
느낌 말입니다.
그건 SAS가 소총
조준경의 십자선으로
당신을 겨누고 있다는 뜻이죠.

이것들을 당장 없애버리지
않는다면 허드슨 부인이
날로 앞 깔개에 흘어져 있는
당신의 뇌 속 내용물을
닦아내는 불쾌한 일을
겪게 될 겁니다.

우린 애들러 양의 집으로 향했다.
셜록은 싸움에 휘말린
교구 목사를 가장했다.
글로 쓰면서 회상해보니
정말 멍청한 생각이었던 것 같다.

자넨 그때는
불평하지 않았잖아.

난 도와준답시고 따라갔다가 목격자가 될 판이었다.
기회가 오면 얼른 화재경보를 울려 애들러가
사진들의 소재를 드러내도록 할 예정이었다.
뭐, 굳이 말하지 않아도 알겠지만,
계획대로 되지는 않았다. 사실 5분이 채 지나기도 전에
난 머리에 닿은 총구에 밀려 무릎을 꿇었다.
또다시.

난 자네를
메이크업해주느라
많이 바빴지.
그것 참
신나더군.

난 자네의 생명을 구했어.
그렇지?
그리고 수치스러운
사진들이 저장된
휴대폰도 확보했고.

맞아, 5분 동안은 그랬지.
그러더니 자넨 여자에게
채찍으로 얻어맞고, 약에 취해
버려졌잖아?
맨몸에 달랑 코트 하나만
걸친 여자에게… 아직 자넬
용서하고 싶은 생각이 안 드는걸.

벨그레이비어 스캔들

그리고 한동안 우리는 아이린 애들러의 긴 신음을 들어야 했다.
몇 번이고 반복해 들렸다. 셜록의 휴대폰을 조작해
그녀의 메시지가 도착하면 신음 소리가 나도록 설정해놓은 것이었다.
마치 그 여자가 집으로 밀고 들어오는 것 같은 기분이었다.

너무 과장하는
것 아냐?
그렇게 자주
울려대진 않았어.

크리스마스 때까지
쉰일곱 번이나 났다고!
자네 호주머니는
허드슨 부인보다
자주 신음 소리를 내고 있어.

그런 상상력을
발휘해주니
무척 감사하군.

사랑하는 셜록에게
애정을 담아, 몰리 XXX

사랑스런 청년들에게

내년에는 시신들을 비롯해
너희들이 좋아하는 것들을
몽땅 얻길 바란다.

허드슨 부인

스피디의 샌드위치 바 & 카페

청년들, 하수관이
또다시 역류하고 있어!
또 시신 일부분을
변기에 넣고
흘러보낸건 아니겠지?

또요?

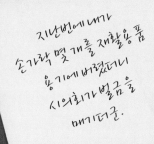

지난번에 내가
손가락 몇 개를 재활용품
용기에 버렸더니
시의회가 벌금을
매기더군.

벨그레이비어 스캔들

크리스마스파티 분위기가 싸늘하게 식어버렸다.
셜록이 애들러가 보낸 선물을 받은 것이다.
암호가 걸려 있는 그녀의 스마트폰을.

셜록은 마이크로프트에게 연락해
곧 아이린 애들러의 시신이 발견될 거라고 했다.

셜록은 애들러일 수도 있는 시신의 신원을
확인해달라는 연락을 받고
세인트 바르톨로뮤 병원으로 향했다.

셜록은 애들러가 맞다고 확인했다.

법의학 보고서

작성자: <u>몰리 후퍼</u>

리젠트 파크에서 발견된 시신은 정부기관을 통해 이 병원으로 운송됐다.
처음에는 신원미상의 여자라고 불렀지만, 셜록 홈스 씨에 의해 신원이 확인됐다.
아무도 내게 시신의 이름을 알려주지 않았기 때문에 당연히 나는 누구인지 몰랐다.
그는 시신의 얼굴이 아니라 벌거벗은 몸매를 보고 확인해야만 했다.
둔기로 여러 번 두들겨 맞은 얼굴이 심하게 훼손됐기 때문이었다. 역시 보통 사람이 아닌 걸까.
홈스 씨가 어떻게 확인했는지는 알지 못한다. 그는 똑똑하다.
얼룩이나 작은 반점 따위를 알아봤을 수도 있다. 그는 똑똑하다.
그는 뭔가를 알아본다. 대부분의 것들을 알아챈다.
단지 유혈이 낭자한 곳만을 찾아다니는 사람이 아니다.

세인트 바르톨로뮤 병원

그 여자

2012년 12월 31일
10:34

난 죽지 않았어요.
저녁식사 함께해요.

벨그레이비어 스캔들

하지만 애들러는
죽은 채로 오래
있지 않았다…

12월 31일 밤이었다

모처럼 조용히 12월 31일 밤을 보내나 싶었는데
분위기를 띄우려는지 CIA암살단이 우리를 방문했다.
녀석들은 허드슨 부인을 건드리는 실수를 저질렀다.

나중에 욕실 창틀에서
악랄한 침입자의
피와 침을 닦아내는
기막힌 즐거움을
누릴 자 누구인가?

기밀문서

전화 통화내용을 옮긴 것

번호: 0207 646 7803 – 그렉 레스트레이드 경위 직통 회선

전화 건 사람: 레스트레이드? 베이커 가에 누가 침입했어요.
덜 짜증 나는 경찰 몇 명과 앰불런스를 보내주세요. 아니, 우린 괜찮아요.
아니요, 도둑인데 좀 심하게 다쳤습니다. 갈비뼈 몇 대가 나가고,
두개골 골절에, 폐도 손상을 입은 것 같아요. 창문에서 떨어졌거든요.

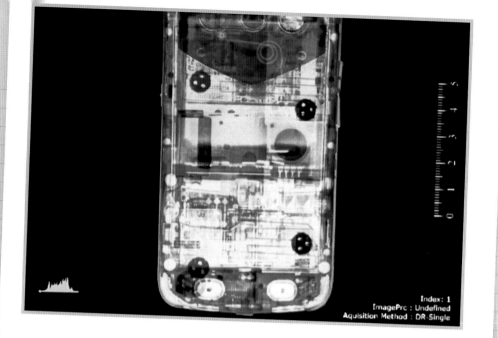

셜록은 미국인들을 굴려 떨어뜨리는 놀이를 하지 않을 때면
줄곧 애들러의 스마트폰을 조사했다.

이 스마트폰의 엑스레이를 찍은 셜록은 내부에 잘못 건드리면
메모리를 파괴할 수 있는 작은 폭발물이 장착되어 있다는
사실을 알아냈다. 내용물에 접근하는 유일한 방법은
네 글자로 된 패스워드를 완성하는 것이었다.

하지만 셜록은 맞는 패스워드를
알아내지 못하고 있었다.

자네 내가
알아내지
못하리라고
생각했나?

자네가
모든 것을 풀 줄 안다고
생각해본 적도 없다네.

벨그레이비어 스캔들

다행인지 불행인지 우린 애들러를 손님으로 맞아들였다.
그녀는 '살인자들(그녀가 꼭 집어 말한 대로라면 점점 다가오는 살인자들)'에게서
도망치다가 허락도 받지 않고 들어온 것이라면서
복사해 온 고객의 이메일을 해독해달라고 부탁했다.

셜록은 암호화된 이메일을 눈 깜짝할
사이에 풀어버렸다. 도와달라고 애걸한
그 여자도 감명을 받았을 것이다.

제목: 007

발신: 크리스 스튜어트 ⟨c.stuart@mod.co.uk⟩

2010년 11월 29일 11:23:45(중앙유럽표준시)

수신: 마일스 코트렐 ⟨m.cottrell@mod.co.uk⟩

회신: c.stuart@mod.co.uk

007 배정이 확정됐음

42C12C45F13E13G60A60B61F34G34J60D12H33K34K

****

볼티모어 행 747기
좌석 배치도

플라

숫자는 여객기 좌석번호였다. 작은 규모의 비행기에는 승객들이 연달아 앉는 게 보통이다.
이 비행기는 'K' 좌석까지 있을 정도로 넓기 때문에 점보여객기임이 분명했다.
13열이 있는 걸 보니 미신에 사로잡혀 그 번호를 사용하지 않는 항공사도 제외할 수 있다.
만약 007이 여객기의 항공편 번호라면(현명한 셜록은 이 사실을 확신했다),
대상은 한층 좁혀진다.
영국이 출발지이고 곧 비행이 있을 예정이라고 가정한다면…
셜록은 내일 오후 6시 30분에 출발 예정이 잡혀 있는
히스로 발 볼티모어 행 여객기라고 확정했다.

간단한
일이지.

간단한 일이라고
그는 말하지만, 내 머리로는
지금도 이해하기
힘들다.

저마다 잘하는 일이 있잖아?
난 사람의 신장을
떼어낼 수 없어.
아, 어쩌면 할 수 있으려나…?

이렇게 밝힌 정보를 불행히도 애들러 양이
짐 모리아티와 공유하기로 결정하자 셜록과
그의 형 사이는 더욱 멀어졌다.
두 사람 사이를 개선하는 데 도움이 될 만한 건 아무것도 없었다.
당장이라도 셜록을 암살하지나 않을까 걱정됐다.

셜록은 볼티모어 행 탑승권을 수령했고,
마이크로프트에게 불려갔다.

···공

플라이어웨이 항공

출발지
런던/히스로

승객명:
셜록 홈스

도착지
볼티모어/워싱턴

좌석번호:
1B

게이트:
XXX

항공편 번호

목적지
볼티모어

출발시각
18:30

벨그레이비어 스캔들

셜록은 이전에 들었던 마이크로프트의 통화 내용 중 일부를 기억해냈다.
"본드 항공으로 결정됐어. 코벤트리를 확인해보라고."
셜록은 007편의 비밀 조각들을 짜 맞추기 시작했다.

영국과 미국 정보부는 007편에 폭탄을 설치하려는 계획을 사전에 알아차렸다.
하지만 그들은 그 정보에 접근했다는 사실을 드러내지 않고 여객기가 그대로 운항되도록 했다.
제2차 세계대전 중 암호를 해독해 군수공장들이 몰려 있던 코벤트리에 독일 공군이
폭격을 계획하고 있다는 정보를 알고도 그냥 놔뒀던 것처럼.

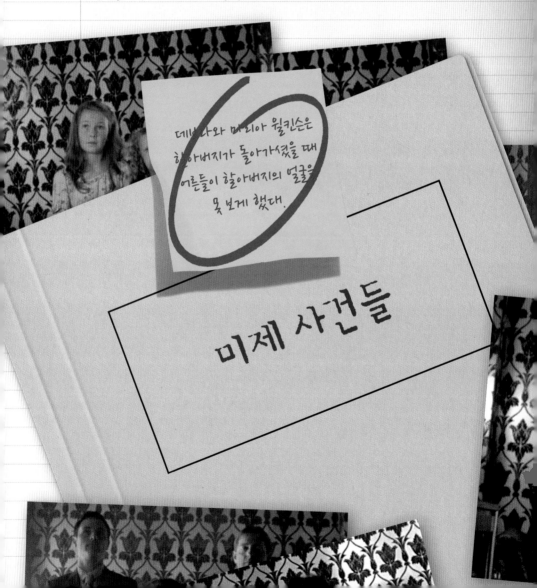

데비나와 메리아 윌킨슨은
할아버지가 돌아가셨을 때
어른들이 할아버지의 얼굴을
못 보게 했대.

미제 사건들

마이크로프트는 완벽한 해결책을 내놓았다. 탑승객들을 모두 시신으로 대체한 것이다.
원래의 탑승객을 대체한 시신들이 사라진 일은 우리를 찾아온 의뢰인 몇몇에 의해
슬쩍 힌트가 제시되기도 했다. 하지만 우리는 패턴을 놓치고 말았다.
살아 있는 사람이 한 명도 타지 않은 여객기가 이륙한 후 폭탄이 터지면
수백 명의 사상자가 생긴 것으로 보였을 것이다.

테러리스트들은 계획이 제대로 실행됐다고 만족했을 터.
그럼 영국과 미국 정보부는 여전히 자신들의 정보원을 통해 정보를 확보할 수 있을 것이다.

하지만 셜록이 등장했다.

I AM
SHER
LOCKED

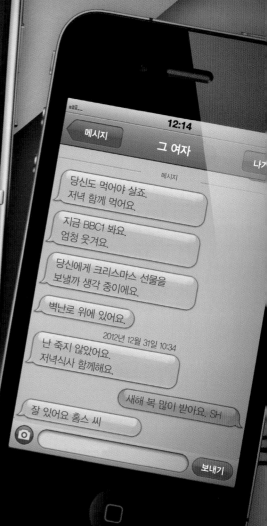

12:14

메시지   **그 여자**   나기

메시지

당신도 먹어야 살죠.
저녁 함께 먹어요.

지금 BBC1 봐요.
엄청 웃겨요.

당신에게 크리스마스 선물을
보낼까 생각 중이에요.

벽난로 위에 있어요.

2012년 12월 31일 10:34

난 죽지 않았어요.
저녁식사 함께해요.

새해 복 많이 받아요. SH

잘 있어요 홈스 씨

보내기

애들러는 정말로 셜록 홈스에게 한 방 먹인 것 같았다.

적어도 30분 동안은.
셜록이 스마트폰의 패스워드를 추리해내는 데
딱 그만큼의 시간이 걸렸다.
애들러는 돈과 자신의 안전을 요구했다.
자신이 원하지 않는 한 어느 누구도 스마트폰에 있는 정보에
접근해서는 안 된다는 단서 조항과 함께.
당연히 그 여자는 틀렸다.

애들러는 결국 미국에서 증인 보호프로그램에 들어갔다.
오늘날까지 잘 먹고 잘 살 것이라는 데는 의문의 여지가 없다.

의문의 여지가
없고말고.

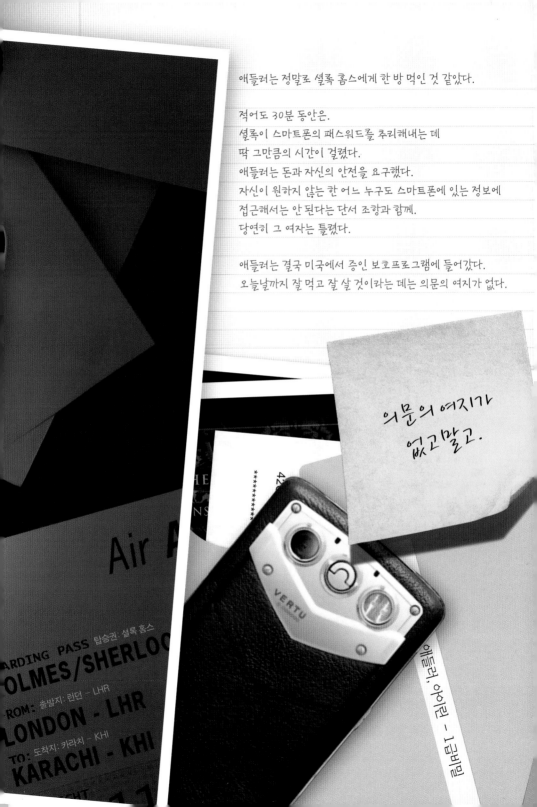

ARDING PASS 탑승권: 셜록 홈스
OLMES/SHERLOC
ROM: 출발지: 런던 - LHR
LONDON - LHR
TO: 도착지: 카라치 - KHI
KARACHI - KHI

애들러, 아이린 - 1급비밀

그 여자

마침내 제작진은 '벨그레이비어 스캔들'을 시작했고, 첫 시리즈를 끝마치고 새로 방영된 〈셜록〉은 주인공의 러브스토리를 담게 됐다. 배신과 성적 폭력과 암살과 시신들로 가득 찬 여객기가 등장하는 러브스토리이지만… 우리 모두 그 과정을 지켜보지 않았던가.

아이린 애들러를 등장시키기 전에 첫 시리즈의 호적수에 대해 해결해야 할 문제가 남아 있었다. 브리스틀의 베드민스터에 위치한 수영장으로 돌아온 출연진과 스태프들은 18개월이나 지난 장면을 다시 연출해야 하는 난관에 처했다.

이 문제를 어떻게 헤쳐나가지?

"우린 두 번째 시리즈가 제작될 수 있을지 미리 알 도리가 없었어요. 그러니 당시에 여분을 찍어놓을 수가 없었죠."

제작진은 당시 대본에 설정해놓은 결말 장면의 해결책을 어떻게 처리할지 고심했다. 하지만 스티븐 모팻은 문제를 과감히 헤쳐나가기로 결심했다. 궁극적인 해결책은 명백했다. 1983년에 존 트라볼타가 주연한 영화 〈스테잉 얼라이브Staying Alive〉의 주제곡이었다.

모리아티의 괴기스런(그리고 내용과도 적절히 맞는) 휴대폰 벨소리의 아이디어는 수 버츄가 낸 것이었다. 수는 장례식장에서 누군가 휴대폰의 벨소리를 꺼놓지 않은 바람에 조문객들이 비지스의 엉뚱한 노래를 들어야 했던 일화를 떠올렸다. 수의 기지로 심각한 상황에 전혀 맞지 않는 생뚱맞은 벨소리를 채택하여 난관을 극복한 것이다. 스태프들이 18개월의 공백 동안 제멋대로 바뀐 주인공들의 머리 스타일을 예전처럼 보이게 분장하는 일은 별 문제도 아니었다. 런던에서 촬영하는 동안에 벌어진 폭동이 진짜 문제였다.

이 작품의 마지막 장면 중의 하나인, 존과 마이크로프트가 비가 쏟아지는 가운데 221B 아래층 카페 앞에서 만나는 장면을 촬영할 때는 경찰로부터 촬영이 어려울지도 모른다는 경고를 받기도 했다. 시위는 8월 초에 닷새 동안 밤마다 발생했다.

다른 여러 도시에서도 비슷한 문제로 곤란을 겪었지만, 런던이야말로 경찰의 총격에 사망한 흑인 청년의 항

의 시위가 발발한 곳이었고, 약탈과 파괴
의 진원지였다.

"경찰은 야간촬영을 하지 못할 수도
있다고 통보했죠. 그래서 사태가 더 악
화되기 전에 촬영을 다 끝마치려고 마구
몰아붙였어요."마크의 회상이다.

제작진은 실제로 그런 일을 겪었다.
야외촬영을 잘 마치고, 카페 내부 장면
을 촬영할 때 갑자기 창밖의 인공강우기
가 꺼지더니 제1 조감독이 허겁지겁 달
려 들어온 일을 마크는 기억한다.

"조감독은 '튀어!'라는 말만 했어요.
우리 모두는 부리나케 도망쳤죠!"

작품 속에서 특히 돋보이는 장면은
1969년에 제작된 제임스 본드 영화 〈여
왕 폐하 대작전〉의 삭제된 장면에서 영
감을 얻었다. 영화에서는 정보부가 점보
제트기가 아니라 지하철에 시신들을 가
득 채워놓았지만, 셜록과 마이크로프트
가 '죽은 자들의 비행기'에서 18분 동안
이나 대립하는 기나긴 장면을 촬영하는
데는 다소 어려움이 있었다. 지루한 야
간촬영의 마지막 장면이라서, 시신 역할
을 한 엑스트라 배우들이 잠에 곯아떨어

셜록의 완벽하게 새로운 도전 상대, 아이린 애들러

져 코를 골거나 좌석에서 뒤척거리곤 했기 때문이다.

애들러 역의 라라 펄버는 BBC1에서 방영하는 드라
마 〈스푹스Spooks〉에 출연했다. 로스앤젤레스에 있는 집
에서 대본을 읽어본 그녀는 아이린 애들러 역에 매료되
어 당장 오디션용 비디오를 녹화했고, 역할을 따냈다. 그
녀는 저널리스트인 모건 제프리에게 아이린과 셜록 사이
의 관계에 대해 다음과 같이 이야기했다. "두 사람은 거울
속에서 서로를 들여다보는 것 같아요. 그냥 조화를 이루
는 거예요. 서로를 안다는 거죠. 내 생각에는 서로가 가장
하고 있는 가면의 안쪽을 보고 있는 것 같아요.

아이린은 막강한 지배자라는 가면으로 자신을 잘 가
장하고 있지만 셜록이 꿰뚫어보는 거죠. 아이린도 셜록
을 똑같이 꿰뚫어보고 있고요. 이런 게 '심취'라는 거겠

죠? 상호 심취요."

〈셜록〉에 너무 심취한 탓인지 방영된 후 비판이 조금
있었다. 이것저것 물고 늘어지길 좋아하는 한 타블로이
드 신문이 라라 펄버의 벌거벗은 모습(사실 다 보이지도 않
았다)이 밤 9시 이전에 방영된 게 방송윤리기준을 어겼다
고 지적해서였다. 물론 그 신문은 시청자들이 아침식사
자리에서 충분히 분통을 터뜨릴 수 있게끔 문제가 된 장
면들을 입맛에 맞게 재편집했다.

벨그레이비어 스캔들
원작과의 비교

정말 멋진 한 해였어 셜록 홈스의 수많은 팬들은 1895년이야말로 가장 흥미로운 사건들로 가득 찬, 홈스 최고의 해라는 걸 알고 있다. 언론인이자 수많은 작품의 저자이며 홈스에 열광하는 빈센트 스타렛의 생각도 같은지 자신의 시 '221B'에서 이렇게 언급한 바 있다. '세상은 폭발할지 몰라도 이들 두 사람은 살아남으리 / 그리고 그곳은 언제나 1895년이리라.' '벨그레이비어 스캔들'에

서 존의 고장 난 블로그 방문자 숫자는 이를 확실히 보여주고, 이 사건이 바로 오늘날의 셜록이 해결해야 할 인상적인 사건임을 알려준다.

변태 통역사 이 작품의 도입부는 다른 원작들을 익살스럽게 비틀어놓은 것들로 채워져 있다. 〈변태 통역사The Geek Interpreter〉는 원작 〈그리스어 통역사The Adventure of the Greek Interpreter〉의 말장난이다. 〈주근깨 금발The Speckled Blonde〉은 〈얼룩 끈의 비밀The Adventure of the Speckled Band〉을 언급했고, 〈배꼽 치료법The Navel Treatment〉은 〈해군 조약문 사건 The Adventure of Naval Treaty〉을 슬쩍 비튼 것이다.

모자 음, 드디어 올 것이 왔다. 셜록 홈스의 이미지는 꼼짝없이 사냥모자와 연결되어 있다. 사냥모자는 〈보스콤 계곡의 비밀〉에서 처음 언급됐고, 삽화가 시드니 패짓이 〈경주마 실버 블레이즈〉에서 홈스에게 사냥모자를 씌우자 모든 사람들의 마음 속에 그 모습이 박히고 말았

다. 패짓은 홈스를 '귀마개가 달린 여행모자를 쓴 날카롭고 열정적인 얼굴'이라고 묘사한 도일의 말에 따라 작업했다. 셜록은 이 모자가 어떤 형태인지 헷갈려 하는데, 분명 사슴에게 몰래 접근할 때 사용하도록 만들어진 물건이다. 이렇게 똑똑한 사람도 때로는 맹한 구석이 있을 수 있나 보다.

바티칸 카메오스 The Vatican Cameos 이것도 도일이 지나가는 식으로 슬쩍 언급한 것인데(《배스커빌 가의 사냥개》에서), 독자들은 실제 그의 작품으로는 접할 수가 없었다. 셜록은 존에게 뭘 해야 할지 알리는 단서로 '바티칸 카메오스'*라고 외친다.

들통 난 목사 '벨그레이비어 스캔들'의 초반부는 원작을 거의 그대로 답습하고 있다. 〈보헤미아 왕국 스캔들〉은 평판을 떨어뜨릴 위험이 있는 사진(TV 시리즈보다 성적인 면이 훨씬 덜한)을 가지고 있는 사람을 다뤘다. 홈스는 절대로 자신의 신분을 밝히지 않으려는 누군가에게 고용됐다. "난 내가 다루는 사건의 한쪽에만 미스터리가 있는 것에 익숙해져 있지. 양쪽 다 그러는 건 좀 혼란스럽거든."

이라는 대사는 사실 〈거물급 의뢰인〉에 나온다. 셜록 홈스는 목사로 분장하고는 불이 난 것처럼 가장해 애들러양으로 하여금 사진의 소재지를 드러내게 한다. 여기까

지만 원작을 따르고 있다. 애들러의 벌거벗은 모습과 채찍질은 전적으로 스티븐 모팻의 발상이다. 홈스가 애들러를 자신을 물리친 '그 여자'이며, '의문스럽고 뭐라고 종잡을 수 없는 여인'으로 기억하고 있다는 사실에 착안하여 스티븐이 설정한 것이다. 애들러가 벌거벗은 채 말채찍을 휘두르는 모습이 더 강한 인상을 남길 거라는 생각에서였다.

* 도일이 언급했지만 그 내용을 알 수 없는 사건들을 다룬 앤 마가렛 루이스의 작품 중 〈바티칸 카메오스〉에 의하면 홈스는 교황 레오 13세의 요청으로 도난당한 희귀 로마 카메오를 되찾는 수사를 하는데, 이때 홈스가 교황을 알현하고 허리를 굽힌 장면을 일컫는 듯하다.

싸구려 플랫

신문을 통해 셜록의 영웅적인 행위들을 읽은 여러분은 그가 널찍한 사무실에서 일한다고 생각할지도 모른다. 번쩍거리는 파일 캐비닛들, 초고속 인터넷, 유리로 된 커다란 탁자 등등. 하지만 그렇지 않다. 그는 정신병자가 난동을 부린 듯한 플랫에서 일하고 있다.

어쩌다가 쌓아놓은 파일 더미가 눈에 거슬린다면 뭐, 알아서 치워도 좋아.

지난번에 그렇게 하려다가 자네가 책갈피로 사용하던 것 같은 커다란 거미에게 물렸단 말이야.

예전에 다뤘던 사건의 전리품이지.

난 이걸 빌리라고 부르고 있어. 허드슨 부인은 빌리를 보자마자 질겁하며 던져버리려고 했지. 몇 번이나…

허드슨 부인은 빌리가 보건 안전법에 위배된다고 하던데?

말도 안 되는 소리! 내 장식품들 중 빌리가 가장 위험하지 않을 텐데? 내 생각에 허드슨 부인은 수프 육수를 만드는 데에 빌리를 사용하려는 것 같아.

편지를 정리하는 최고로 폭력적인 방법 같은데?

내가 편지를 쓴 작자들이 아니라 편지에 나이프를 꽂아 놓은 걸 다행으로 알아야지.

셜록은 부엌을 원래의 의도대로 사용하지 않으려고 작정한 모양이다. 그는 부엌을 독가스와 괴상한 폭발물들로 채워놓길 좋아한다.

그럼 자넨 부엌을 어떻게 사용하는데?

음식을 준비하는 데 사용해야지, 셜록. 음식이 뭔지 알고 있지? 잘난 척 떠들기 좋아하는 입이 바쁘지 않은 희귀한 순간에 그 안으로 들어가는 고체 말이야.

싸구려 플랫

셜록은 놀라울 정도로
많은 걸 읽는다.

뭐, 놀랄 것까지야.

알프레드 블리키의
《길 잃은 외톨이 동물 요리책》,
워렌 코트의
《삽화로 본 인체 부패 과정》,
셸리 본 트램프의
《스푼과 나이프 세트로 사람을
죽이는 법》같은 책들인데 '놀랍다'는
말이 안 나와?

셜록은 부패에 관해 하루 종일
독서를 하고 나더니 할 일이
없는지 내가 구독하는 주간지를
산더미처럼 쌓아놓았다.

인생의 모든 건 여성잡지의
개인광고란에서 찾을 수
있단 말이지.

"정신이 좀 이상한
플랫메이트가 내 인생을
지옥으로 만들어버렸어."

셜록이 임대보증금 같은 사소한 문제들에 전혀 신경 쓰지 않는다고 말할 수는 없을 것이다. 벽에 난 총탄 구멍들만 해도 그렇다. 셜록이 스프레이 페인트로 웃는 얼굴을 그려놓아 구멍들을 잘 감췄놨기 때문에 다행히 보지 못할 수도 있다.

내가 벽에 변형을 좀 가한 건 맞지만 이따위 벽지를 선택한 사람은 허드슨 부인이라고. 내 생각에는 공정한 거래 같은데?

난 이게 장난인지 실험인지 갈피를 잡지 못하겠다. 죽은 자가 셜록이 듣는 음악들을 얼마나 참기 힘들어 하는지 실험하는 건가…?

늘 나와 함께해 온 물건들이라고.

그리고 이건 오래된 아프리카 영양 같은 냄새가 난단 말이야! 재미로 하는 일이 끝이 없군.

셜록은 예술품 애호가이기도 하다! 이 멋들어진 '시대별 탄약 변천사' 좀 보라지. 아마도 그의 형 마이크로프트가 크리스마스 선물이랍시고 보낸 물건일 게다.

대부분 그랬지. 이제 실험할 겸 자네에게 쏘아 보려고.

배스커빌의 사냥개들
(The Hounds of Baskerville)

QuickTime Player   File   Edit   View   Share   Window   Help

The Science of Deduction

www.thescienceofdeduction.co.uk/forum/page5

Home   Forum   Hidden messages   Case files

가장 최근에 올라온 포스트:

커스티 스테이플턴

셜록 홈스 아저씨께. 블루벨이 없어졌어요. 제발, 제발 도와주세요. 전 존 왓슨 씨가 이곳에 올리는 아저씨의 활약
이야기를 보는 걸 좋아해요. 왓슨 씨는 진짜 의사인가요? 전 아저씨가 사람들을 도우려고 하고, 잃어버린 것들을
찾아주려고 애쓴다는 사실을 잘 알고 있어요. 블루벨은 사람이 아니라서 중요하지 않게 보일지 모르지만 제겐 무척이나
소중하답니다. 사람이 아니라 토끼예요. 정확히 무슨 일이 벌어졌는지는 모르겠지만 우스웠어요. 블루벨이 어느 날 밤
빛나기 시작했다니까요. 요정처럼요. 전 얼른 정원으로 가서 토끼장 문을 잠갔어요. 하지만 다음 날 아침, 학교 가기 전
가봤더니 블루벨이 사라졌더라고요. 토끼장 문은 잠겨 있었고 억지로 연 흔적은 없었어요. 제발, 제발 도와주실 거라고
말씀해주세요. 여덟 살 먹은 커스티 스테이플턴이 사랑을 가득 담아 보냅니다.

theimprobableone   Document2

100%   Zoom   Help

Undo Redo Format Tables Columns Show Navigation Gallery Toolbox   SmartArt G

Cambria (Bo... 28   B I U

Document Elements   Quick Tables   Charts

배스커빌의 사냥개들

*돼지들을 한 시간 동안이나
작살로 떨나게 찔러대던
다음(어떻게 한 건지는
내게 물지 마시라...),
셜록은 지루함을 참지 못하고
펄쩍적 뛰고 있었다.*

배스커빌 돌연변이들!

제2차 세계대전이 끝난 후, 배스커빌 육군기지는 우리나라에서 가장 보안이 철저한 비밀 장소 중의 하나가 됐습니다. 다수의 동물보호단체가 언론과의 인터뷰를 통해 이곳에서 이뤄지는 생화학무기 개발 연구가 비윤리적이고 불법적인 실험의 결정판이라고 주장해왔습니다. 당국은 그러한 주장들을 단호하게 부정했습니다. 하지만 우리 〈진실〉은 더 많은 걸 알고 있습니다!

지난 달, 저는 배스커빌에서 전쟁용 돌연변이들을 사육한다는 주장을 뒷받침하기에 충분한 증거를 가지고 있는 지역 주민 헨리 나이트와 이야기를 나눴습니다. 돌연변이들이 밖으로 도망쳤다고 하더군요. 나이트 씨의 말을 들어보시죠.

"어렸을 때, 아버지와 저는 '듀어스 할로우'라는 곳으로 산책을 가곤 했습니다('듀어[Dewer]'는 옛날에 악마를 부르던 이름이라는 걸 시청자 여러분은 28화에서 다룬 흡스레인 미스터리의 분석에서 보셨을 겁니다). 어머니가 세상을 떠나신 이후로 아버지와 전 많은 시간을 함께 보냈고, 아버지는 배스커빌 기지에서 벌어지고 있는 무시무시한 일들을 항상 이야기해주셨습니다. 그러던 어느 날 밤, 제 눈으로 직접 목격했습니다. 시커먼 털로 뒤덮이고 시뻘건 눈을 한, 거대한 놈이었습니다. 비명을 지르는 아버지를 덮쳐 어둠 속으로 질질 끌고 갔어요. 전 겁을 잔뜩 집어먹었습니다. 일곱 살이던 제가 뭘 할 수 있었겠습니까? 전 도망쳤어요. 세상에… 그것이 아버지를 끌고 가는데 전 도망쳤단 말입니다…"

다행히 헨리 나이트라는 사람이 찾아오는 바람에 셜록은 가구와 물건들을
더 이상 망가뜨리지 않을 수 있었다. 나이트는 어렸을 적 아버지를 공격했던
끔찍한 괴물의 기억에 시달렸다. 그의 치료사인 닥터 루이즈 모티머는
그 괴물이 충격적인 경험을 얼버무리기 위한 허구의 기억이라고 주장한단다.

처음에는 셜록도 치료사의 의견에 동의했지만,
나이트가 아버지가 실종됐던 듀어스 할로우를
다시 찾아갔다가 거대한 개의 발자국을
발견했다는 말을 듣고는 귀를 쫑긋 세웠다.

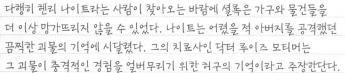

아니야. 나이트는
"그건 거대한 사냥개의
발자국이었어요."
라고 했어.

왜 굳이
그렇게 고풍스러운
'사냥개'라는 단어를
사용했던 걸까?

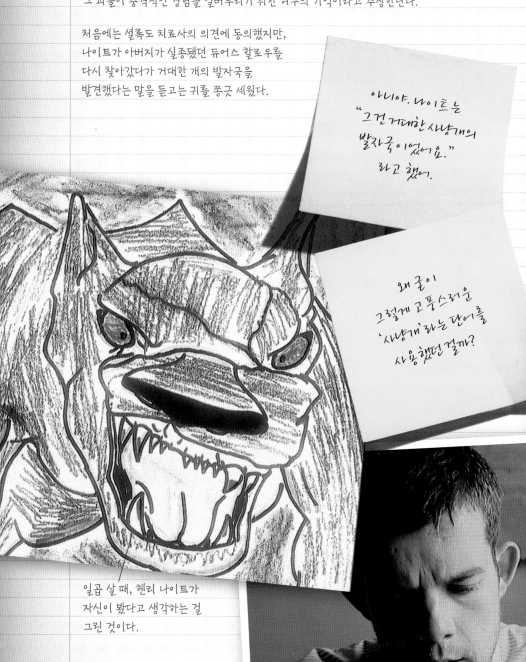

일곱 살 때, 헨리 나이트가
자신이 봤다고 생각하는 걸
그린 것이다.

배스커빌의 사냥개들

우리는 다트무어로 출발했다. 기차를 타고 엑서터까지 간 다음 지프를 렌트해서
그림펜 마을까지 끔찍한 여행을 했다.

끔찍했다니?
우린 살아남았잖아,
안 그래?

존 왓슨이 블로그에 올린 사진
음울한 표정으로 바위들에게 강한 인상을 주려 노력하는 셜록.

간신히 살아남은 거지.
자넨 놀라운 사람이야.
천재이고,
좋은 친구라는 것도 맞아.
하지만 운전 솜씨는 영···

그런가?
나도 그 차의 기어가
몽땅 엉망이라서
짜증이 났었고.

기어가 몽땅 그랬다니?
자넨 1단 기어밖에
사용하지 않았잖아.

판

구매

등급
일반실
승차권 유형
왕복할인권
출발일
2011. 6. 30.
출발역
런던 터미널
도착역
엑서터 세인트 데이비스

존 왓슨이 블로그에 올린 사진
배스커빌 기지는 오른쪽, 듀어스 할로우는 왼쪽이다.
그럼 그 중간은? 살벌한 지뢰밭이다. '광대한 그림펜 지뢰밭'
이라고 불리는 곳으로, 작은 몇몇 국가가 보유한 것보다
많은 실험용 무기들이 묻혀 있다는 악명이 자자했다.
뭐, 휴일을 보내기엔 딱 알맞은 장소였다. 셜록에게는 분명히
그랬을 것이다.

풀이 너무 많단 말이야.
암소들도 있고.
따분하기 짝이 없어.
이래서 시골을
질색이라고.

CROSS
Keys

Boutique Rooms
&
Vegetarian
Cuisine

존 왓슨이 블로그에 올린 사진
채식주의자를 위한 식단으로
우리 머물 곳을 찾았다. 채식주의자를 위한 식단으로
유명하다고 광고하는 곳이었다. 하지만 내가 힐끗 본
재료주문서는 다른 이야기를 하고 있었다.

엔더스 푸드 공급회사

070

크로스 키스(Cross Keys)

부가가치세 등록번호

배스커빌의 사냥개들

우리가 숙박할 곳의 주인,
개리와 빌리의 도움으로
듀어스 할로우의 괴물을
봤다고 주장하는
플레처를 알게 됐다.
사실 플레처는
8.5파운드를 내고
자신이 안내하는
'괴물의 발자국을 따라서'
라는 도보여행에 나서는
사람들에게 항상 그렇게
주장했다.

BEWARE THE HOUND!!

사냥개를 조심하라!!

음, 저 친구의
도박 본능을
건드려봐야겠군.

셜록은 플레처에게
당신이 괴물을 봤다는 사실을
증명하지 못할 거라고
나와 50파운드 내기를 했다고 말했다.
플레처는 잠시 자신의 경험담을
떠벌리다가 스마트폰에 저장된
사진을 내보였다.
테리어를 멀리서 찍은 것
같다고 했더니,
화를 내며 증거를 제시했다.

셜록의 말에 따르면
거대한 사냥개의 발자국이었다.

셜록은 그 증거를 보고는 배스커빌을 둘러봐야겠다고 결심했다.
기지를 둘러싸고 있는 지역이 휑해서 몰래 숨어들기는 불가능했다.

그래서 셜록은 차를 몰고
곧장 들어가야 한다고 생각했다.

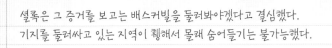

허가받은 자 이외 출입금지
이곳은 제한구역입니다.

배스커빌

이 시설은 '공직자 비밀 엄수법 1911'에 의해 지정된 금지구역입니다

NAME:
MYCROFT HOLMES
이름: 마이크로프트 홈스
ID REF:
>>>>>36409 93740
신원조회: >>>>36409 93740
CLEARANCE LEVEL:
UNLIMITED
기밀취급등급: 무제한
SIGNATURE:
서명:

셜록이 예전에 마이크로프트에게서
훔쳐놓은 신분증 덕분에
우린 간신히 그곳에 들어갈 수 있었다.
그리고 20분쯤 지난 후에 쫓겨났다.
그 시간 동안 셜록은 블루벨이라는
토끼가 실종된 사건을 조사했다.
셜록의 웹사이트를 통해
토끼의 주인인 어린 소녀 커스터가
의뢰한 사건이었다.

우연의 일치라는 건
살아가면서 순도가 극히 높은
코카인을 만날 가능성만큼이나
드물어.

쭉 생각해왔지만
어떤 탐정에게는
죽약이기도 하고.

블루벨

이건 그런 게
아니야.

우리는 커스터의 엄마 스테이플턴 박사를 만났고,
셜록은 그녀가 딸의 애완용 토끼의 유전자를 조작했다고 몰아붙였다.
배스커빌 기지 사령관 배리모어 소령에 의해 건물 밖으로 내쫓기기 일보 직전이었다.

프랭클랜드 박사도 만났는데, 우린 박사 덕분에 등에 총알이 박히지 않은 채
건물 밖으로 빠져나갈 수 있었다.
박사는 헨리 나이트의 아버지 친구였고, 셜록의 광팬이었다.

자넨 내가
팬이 많아서
질투하는 거야.

나도 팬 많거든.
오직 나에 대한 이야기만
올라오는 텀블러 블로그도
있다니까.
왓슨에 푹 빠진
아가씨들이 운영하는.

아가씨들?
여러 명?
그거 확실한 거야?

배스커빌의 사냥개들

우리는 (믿을 수 없을 정도로 부자인) 의뢰인을 찾아갔다.
헨리 나이트는 치료를 받던 도중 '자유(liberty)'와
'안의(in)'라는 두 단어를 떠올렸다고 했다.
셜록은 자신의 계획을 설명했다. 나이트를 밤중에
황무지로 데리고 나가 뭔가가 그를 잡아먹는지 보잔다.
셜록은 남의 심정을 고려할 줄 아는 섬세한 사람은
전혀 아니었다.

셜록의 계획을 들은 나이트는 잔뜩 겁이 나서
거의 발광할 지경에 이르고 말았다.

헨리 나이트는 뭐든
겁을 내는 사람이야.
커피가 든 병뚜껑을
열면서도 뭔가가
튀어나오지 않을까
걱정한다고.

밤이 깊어지자 누군가가 모스부호로
신호를 보내는 장면이 포착됐다.
난 그 메시지를 받아 적었다.

셜록에게 모스부호에 대해 말했지만,
그와 나이트는 조금 전에 힐끗 보였던
(비록 셜록이 괴물 같은 것을 봤다는
사실을 인정하는 데 오랜 시간이 걸렸지만)
거대한 사냥개에 더 관심이 있었다.

나는 셜록과 말다툼을 했다.

움크라(UMQRA)

움크라?
신호가 이것이었다고?
이게 무슨 단서가
되는데?

그랬어?
미안, 그런 일이
있었다는 걸
깜빡해서.

아무것도 아니야.
관련된 게
전혀 없더라고.

셜록은 갈색머리 여자의 사진이 첨부된
메시지를 보내 날 꼬드겼다. 정확히 말하자면
나이트의 치료사인 닥터 루이즈 모티머의
사진이었다. 셜록은 그녀가 펍에 있다면서
만나보고 정보를 좀 얻어오라고 했다.

완전히 실패했다. 밥 프랭클랜드 박사가, 우리가 앉은
펍 테이블로 다가와 '헨리의 오랜 친구'라는
나의 위장신분을 들통 나게 만든 것이다.

닥터 모티머가 아주 멋진 여성인데다,
뭔가 정보를 털어놓으려던 찰나여서 두 배로 아쉬웠다.
셜록은 평소보다 더 이상하게 행동하고 있었다.

H.O.U.N.D.

난 아무 이상 없는데···

난 단지 전혀 불가능한 상황에서 어떻게 괴물 같은 개를 분명히 볼 수 있었는지 추리하려고 했을 뿐이야.

하지만 그건 전혀 불가능한 게 아닌 것처럼 보이기 시작했다.

마이크로프트가 레스트레이드를 보내 우리와 합류하도록 하자 셜록의 자존심은 무척이나 상했다. 하지만 레스트레이드의 방문은 우리가 묵고 있는 '채식주의자' 호텔에 육류 구입 영수증이 있는 진짜 이유를 알아내는 데는 큰 도움이 됐다.

매출송장

언더쇼

매출송장

매출송장

언더쇼 육류 공급회사

우리가 묵고 있는 호텔의 주인들이 소문에 불을 붙여
매상을 늘리려는 목적으로 커다란 개 한 마리를 샀다는
것을 인정하는 데는 별로 오랜 시간이 걸리지 않았다.
그들은 그 개를 황무지에 있는 폐광의 갱도에 가뒀는데,
통제가 불가능해져 결국 버리고 말았다.
헨리 나이트와 셜록이 봤다는 괴물이 바로 그 개일 수도
있지 않을까?

애완동물을 전문적으로
판매하는 곳에서 불타는
시뻘건 눈을 가진, 조랑말
만 한 개들을 취급한다면
모를까...
아니, 그럴 리 없어.

셜록은 자신이 세운 가설을 증명하기 위해 배스커빌에 들어갈 수 있도록 해달라고
마이크로프트와 협상했다. 우리에겐 24시간이 주어졌다.
배리모어 소령은 이를 탐탁지 않게 여겼지만 우리를 막을 도리가 없었다.

셜록은 내게 연구실들을, 그중에서도 특히 스테이플턴의 연구실을 조사해달라고 부탁했다.

조사를 시작하고 스테이플턴의 연구실로 들어간 나는...

KEEP OUT...
UNLESS YOU WANT
A COLD!

접근금지!
감기에 걸리고 싶지 않다면!

배스커빌의 사냥개들

내가 자랑스러워
보이는 순간은
아니었어.

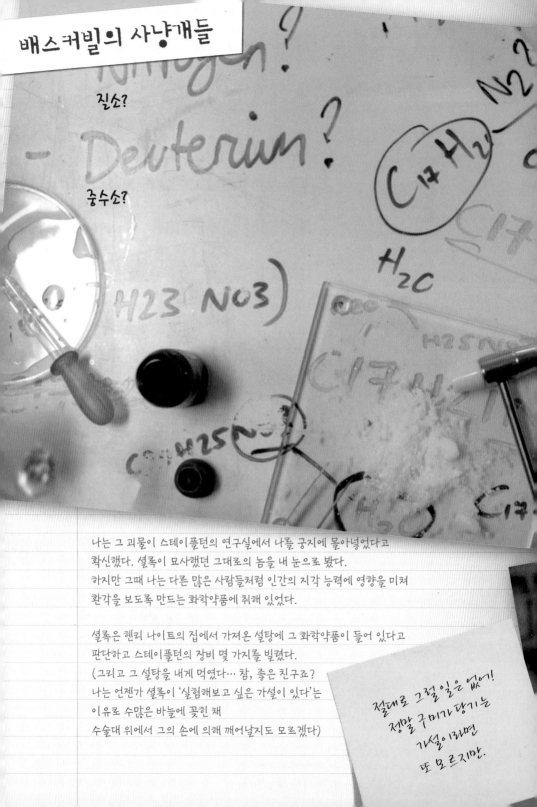

배스커빌의 사냥개들

진소?

중수소?

H_2O

나는 그 괴물이 스테이플턴의 연구실에서 나를 궁지에 몰아넣었다고
확신했다. 셜록이 묘사했던 그대로의 놈을 내 눈으로 봤다.
하지만 그때 나는 다른 많은 사람들처럼 인간의 지각 능력에 영향을 미쳐
환각을 보도록 만드는 화학약품에 취해 있었다.

셜록은 헨리 나이트의 집에서 가져온 설탕에 그 화학약품이 들어 있다고
판단하고 스테이플턴의 장비 몇 가지를 빌렸다.
(그리고 그 설탕을 내게 먹였다… 참, 좋은 친구죠?
나는 언젠가 셜록이 '실험해보고 싶은 가설이 있다'는
이유로 수많은 바늘에 꽂힌 채
수술대 위에서 그의 손에 의해 깨어날지도 모르겠다)

절대로 그럴 일은 없어!
정말 구미가 당기는
가설이라면
또 모르지만.

설탕이 원인은 아니었다.

셜록은 연관성을 찾기 위해
'기억의 궁전'으로 들어가
머릿속에 들어 있는
내용을 뒤적거렸다.
셜록은 그 일을 훌륭하게 해냈다.

몇 년 동안
공들여 갈고 닦은
기술이거든!

나도 한번
해보고 싶은데.

난 소박한 것부터
시작해야지.
'기억의 오두막'쯤
되는 걸로?

희미한 기억을 더듬어 배리모어 소령의
패스워드를 알아낸 다음
H. O. U. N. D. 프로젝트를 검색했다.
인디애나(Indiana) 주 리버티(Liberty)에
위치한 CIA연구소가 1980년대에
펼쳤던 실험이었다.

밥 프랭클랜드가 참여했던 프로젝트였다.

배스커빌의 사냥개들

하운드 프로젝트는 대인(對人) 살상무기로 사용할 수 있는
공중살포형 환각제를 개발하는 것이었다.
하지만 실험 대상자들은 이 화학약품에 장기간 노출되면
정신이 이상해지고 말았다. 대상자들은 난폭해져 위험해지는가 하면,
겁에 질려버렸다.

루이즈 모티머를 권총으로 쏘고(다행히 그녀에게 맞지는 않았다),
황무지 쪽으로 도망친 헨리 나이트처럼 변하는 것이다.

우리는 황무지에서 나이트를 궁지로 몰아넣고 자살하지 못하게 붙잡았다.
그때 프랭클랜드가 도착했다.
그리고 빌리와 개리가 안락사시키지 못한 개도 달려왔다.
셜록은 그 순간을 정말로 즐기고 있었다.
레스트레이드와 나는 이 장면이 불행한 방향으로 끝나지 않게 하기 위해
난폭한 미친개에게 총탄을 퍼붓기 바빴다.

PAST
CAN C
THIS
THE O

위험

OINT ARE
SER

출입
금지

TO
UNDER

배스커빌
실험구역.
어떠한 상황 하에서도
이 지점을
넘어서지 말 것

독극물은 안개 형태로 우리 주위를 둘러쌌다.
프랭클랜드가 아버지를 살해했던 그날 밤의
나이트처럼 우리도 환각을 보고 있었다.
나이트의 아버지는 프랭클랜드의
연구를 알아차리고 폭로하겠다고 위협했다.
결국 그는 하운드 연구의 실험 대상이 되어야만 했다.

프랭클랜드는 도망치다 지뢰밭으로 들어섰고,
곧이어 밤하늘은 폭발의 섬광으로 환하게 밝아왔다.

우린 여름휴가랍시고 이 모든 일들을 했던 것이다...

H.O.U.N.D.
인디애나 주 리버티

거대한 사냥개

《배스커빌 가의 사냥개》*는 홈스가 등장하는 소설들 중 가장 유명하다. 코난 도일은 자신이 창조한 탐정을 죽여버리고 몇 년 후에 이 소설을 썼다. 다트무어에서 벌어지는 으스스한 사건에 대한 아이디어가 떠오르자마자 이 사건을 제대로 수사하기 위해서는 홈스 같은 주인공이 필요하다는 사실을 깨달았던 것이다. 이미 워낙 유명한 인물이 있는데, 굳이 새로운 인물을 창조해낼 필요가 있을까? 여전히 홈스의 귀환을 극성맞게 요구하고 있는 수많은 독자들도 그런 전제에 해가 되지 않았다. 지난 수십 년 동안, 1914년에 제작된 독일의 무성영화〈Der Hund von Baskerville〉부터, 호주 배우 리처드 록스비그가 홈스로 열연한 BBC의 최신작까지 24편의 각색이 있었다. 그중에는 애니메이션(그 유명한 피터 오툴이 홈스의 목소리를 담당)도 있고, 1978년에 피터 쿡과 더들리 무어가 주연한 괴기스런 패러디도 있다.

어차피 이런 상황이니 한 편 더 만들어진다고 문제될 게 있을까?

"책임감이 막중했죠." 이 작품을 각색한 마크 게이티스의 말이다. "사람들이 보고 싶어 하는 원작의 유명한 요소들이 원체 많았으니까요. 그게 정말 어려웠어요. '이건 사냥개hound가 아니라 개새끼bitch 같다니까!'라는 말을 입에 달고 살았죠."

마크가 가장 좋아하는 각색은 해머 스튜디오가 1959년에 피터 쿠싱을 홈스로, 안드레 모렐을 닥터 왓슨으로 기용한 영화이다. 호러영화를 유독 좋아하는 마크이고 보면 놀라운 선택도 아니다. 일련의 성인용 호러영화로

사냥개를 수사 중인 쿠싱과 모렐

큰 성공을 거둔 해머 스튜디오는 또 한 번 명성을 높일 목적으로 소름 끼치는 작품을 만들기 위해 비상한 노력을 기울였다. 그들은 성인용 등급을 얻고자 애썼지만 A등급을 받는 것에 그쳤다. 원작의 주제 자체가 워낙 괴기스러운 것을 고려할 때 사실은 별로 노력을 들이지 않았음을 짐작할 수 있다.

"셜록 홈스가 호러의 분위기에 가장 가까이 접근한 게

---

* 원작은 배스커빌 가문을 다루므로《배스커빌 가의 사냥개 The Hound of Baskervilles》로, TV 시리즈는 배스커빌 기지를 다루므로 '배스커빌의 사냥개들 The Hounds of Baskerville'로 옮겼다.

바로 이 작품이죠." 마크의 의견도 일치한다. "결국은 합리적인 설명으로 끝난다는 점이 좀 걸리기는 하지만요."

그의 의견 속에 이 작품이 품고 있는 가장 까다로운 문제 중의 하나가 숨어 있다. 마크가 크게 웃고 나서 말했다.

"등장하는 개가 항상 실망스럽다는 거죠! 개에 대해 뭐라고 한마디만 하면 다들 달려들 태세예요."

마크는 고전적인 유령 이야기에 상응하는 것이야말로 현대의 음모론이자, 최신의 과학으로도 설명할 수 없는 것에 대한 두려움이며, 정부당국이 펼치는 극악무도한 계략이라고 확신했다. 그래서 마크는 원작의 배경인 음침한 고딕풍의 대저택을 육군 기지로 바꿔놓았다. 배스커빌 저택은 시험관에서 무기가 등장하고, 괴물들이 지하실험실에서 사육되는 포튼 다운Porton Down 같은 연구개발센터가 됐다.

또 다른 중요한 변화는 셜록이 등장하는 시간이 길어졌다는 점이다.

시드니 패짓의 원작 삽화

원작은 도일이 주인공에게 투자하는 시간을 얼마나 아까워하는지를 극명하게 보여주는 대표적인 사례이다. 원작에서 홈스는 꽤 오랜 시간 동안 자리를 비우고 왓슨이 수사의 대부분을 담당한다. 반면 '배스커빌의 사냥개들'에서는 홈스 자신만의 생각으로 왓슨을 다트무어로 홀로 보낸다고 말하는 장면에서만 잠시 이를 인정하고 있다.

마크는 저널리스트 모건 제프리에게 이렇게 설명했다. "원작과의 차이점을 해결하는 가장 좋은 방법은 핵심을 파악하고 진지하게 받아들이지 않는 거죠. 원작에 경의를 표하면서도 말은 이렇게 하는 겁니다. '아니에요, 이 작품에서는 셜록이 처음부터 왓슨과 함께할 겁니다.'"

헨리 나이트가 봤던 괴물

배스커빌의 사냥개들
원작과의 비교

거대한 사냥개 '벨그레이비어 스캔들'과 마찬가지로 '배스커빌의 사냥개들'도 원작의 요소들로 가득 채워져 있다. 현대적인 상황에 맞춰 약간씩 뒤틀렸지만. 심지어 마크 게이티스는 "그건 거대한 사냥개의 발자국이었어요!"라는 불후의 대사를 살릴 수 있는 방법을 찾아내서 대본에 고풍스러운 말투까지 집어넣었다.

잃어버린 기사騎士 작위 원작에서는 앞으로 희생자가 될 사람이 헨리 배스커빌 경이었다. TV 시리즈에서 그에

해당하는 인물은 러셀 토베이가 열연한 헨리 나이트인데, 비록 원작과 달리 작위는 없어졌지만 그에 합당한 성姓을 가지고 있다.

진실 홈스가 즐겨 말하는 대사 중 가장 유명한 것은 "불가능한 것들을 다 제거하고 나서, 남아 있는 것이 아무리 있을 성싶지 않더라도 그것은 진실임에 틀림없다."이다. 이 대사는 원래 홈스가 등장하는 두 번째 소설《네 개의 서명》에서 홈스가 중얼거렸던 말인데, 이 작품에서는 다소 변형된 형태로 자리를 잡고 있다.

오, 셀던 씨! 원작에서는 배리모어가 배스커빌 가의 집사로, 등잔불을 이용해 처남에게 신호를 보내는 장면을 왓슨에게 들킨다. 배리모어의 처남 헨리 셀던은 다트무어 교도소에서 탈옥한 죄수였다. 그는 애독자들의 시선을 터무니없이 다른 곳으로 돌리게 만든 미끼였다.

　마크 게이티스는 황무지에서 가끔씩 반짝이는 불빛 장면은 그대로 유지했지만, 그 불빛은 어둠 속에서 출렁거리는 차에서 나오는 것으로 설정했다. "셀던 씨, 당신 또 이러는 거예요?"라는 헐떡거리는 소리와 함께. 셀던 씨가 무슨 짓을 벌이고 있는지, 그 일이 차량보험에 어떤 영향을 미칠지는 시청자의 상상에 맡겨놓았다. 이처럼

자동차에서 벌어지는 '야외 섹스'는 이야기의 분위기와도 완벽하게 맞아 떨어진다.

빛의 전달자 원작은 홈스가 의뢰인이 놓고 간 지팡이를 살펴보는 장면으로 시작한다. 홈스는 왓슨에게 자신이 하던 식으로 지팡이를 분석해보라고 요청한다('잔혹한 게임'에서 셜록이 왓슨에게 운동화를 분석해보라고 하는 장면과 흡사하다). 왓슨이 요청받은 대로 하자(물론 중요한 것들은 전부 놓쳐버렸다), 홈스는 이렇게 말했다.

"왓슨, 자넨 정말 훌륭하게 해냈네. 내가 소소한 업적들을 이룩하는 데 자네의 역할이 컸음에도 불구하고, 자네

는 습관적으로 자신의 능력을 과소평가해왔다는 걸 지적해두고 싶군. 자네는 스스로 빛을 내는 사람은 아닐지 몰라도 빛을 전달해주는 사람인 것만은 분명하네. 천재성을 가지고 있지는 않지만 천재를 자극하는 힘을 가진 사람도 있는 법일세. 친애하는 왓슨, 자네에게 큰 빛을 지고 있다는 걸 고백하는 바이네."

어쩌면 원작에서 가장 입에 발린 찬사에 불과한 이 말의 뒷부분은 이 TV 시리즈에 약간 변형된 형태로 등장했다.

특이한 사냥모자

할리우드 졸속영화 홈스는 다양하게 변장하며 은막에 등장했는데, 그중 1939년부터 1946년 사이에 바실 래스본이 홈스의 역할을 하고 나이젤 브루스가 왓슨의 역할을 맡은 열네 편의 영화가 특히 기억에 남는다.

"저예산 영화였지만 구성은 탄탄했죠. 꽤나 진지하면서도 즐거움을 선사해줬거든요. 대부분의 다른 각색 영화들과는 달리 원작의 사건이 담고 있는 정신과 아이디어에 근접해 있었습니다." 마크 게이티스의 말이다.

도일의 《배스커빌 가의 사냥개》를 각색한 영화는 처음에는 20세기폭스 사에서 제작됐다. 중세의 으스스한 분위기가 제대로 살아 있는 멋진 작품으로, 그 작품이 나왔던 해에 래스본은 유니버설 영화사의 〈프랑켄슈타인〉 후속편들 중 하나에서 그릇된 과학자의 아들로도 출연한

바 있다. 원래 〈배스커빌 가의 사냥개〉는 단 한 편으로 끝나는 것으로 기획됐다. 래스본은 주로 악당 역으로 알려져 있었고, 헨리 배스커빌 경으로 캐스팅 되어 포스터의 가장 큰 자리를 차지한 리처드 그린보다 흥행 성적이 훨씬 떨어지는 배우로 여겨졌다. 안타깝게도 나이젤 브루스는 그보다도 못한 대접을 받았다. 영화에 러브스토리를 도입하는 데 필요했던 웬디 배리의 아래쪽, 즉 포스터의 네 번째에 이름을 올리는 데 그친 것이다. 영화는 개봉과 동시에 선풍적인 인기를 끌었고, 래스본과 브루스의 화학적 결합이 스크린에서 성공을 보장한다는 사실이 명백해졌으므로 폭스 사는 서둘러 후속편을 제작했다. 이번에야말로 두 스타는 영화 홍보자료에 가장 크게 등장하는 영광을 누렸다.

전작보다 부담 없이 즐길 수 있게끔 다양한 플롯과 아이디어가 녹아 있는 〈셜록 홈스의 모험〉도 성공을 거뒀다. 1940년대를 통틀어 호러영화를 좋아하는 사람들에게 곧 익숙해질 배우인 조지 주코가 모리아티 교수로 출연했다.

흥행에는 성공했지만 폭스 사는 더 이상 홈스 영화를 만들지 않기로 결정했다. 하지만 유니버설 영화사는 1942년에 홈스 시리즈를 리메이크했다. 유니버설 사는 셜록 홈스야말로 B급영화(일반적으로 두 편을 동시상영할 수 있도록 적은 비용으로 재빨리 제작한 영화)에 완벽한 소재로 판단했다. 코난 도일 재단으로부터 등장인물의 판권을 구입한 뒤에 허드슨 부인 역의 메리 고든뿐만 아니라 래스본과 브루스도 원래의 역할을 주었다.

홈스로 열연한 전설적인 배우 바실 래스본

〈심야의 공포〉에서 수사를 벌이고 있는 홈스와 왓슨 콤비

유니버설 사가 유일하게 변화를 준 부분은 시대적 배경이었다. 1942년에 제작된 〈셜록 홈스와 공포의 목소리〉에서 관객들은 나치의 당시 실제 선전방송인 '호호 경'*과 싸우는 현대판 홈스와 왓슨을 만났다. 1943년에는 세 편의 영화가 더 만들어졌다. 〈셜록 홈스와 비밀무기〉, 〈워싱턴에 간 셜록 홈스〉, 〈죽음에 직면한 셜록 홈스〉가 그것이다. 그 뒤에 제작되는 영화들에서 홈스와 왓슨은 나치에 대항하는 일을 뛰어넘어 좀 더 일반적인 사건을 다루게 되는데, 1944년에는 이 용감무쌍한 콤비가 〈거미 여인〉, 〈주홍 발톱〉, 〈죽음의 진주〉 사건들과 직면한다. 유니버설 사는 〈거미 여인〉을 특히 좋아했다.

"〈거미 여인〉이 바로 홈스가 등장하는 영화의 정수죠. 다른 어떤 영화보다 다양한 줄거리를 갖고 있다는 점에서 그렇습니다." 스티븐 모팻의 말이다.

"가장 긴 상영시간을 가진 영화가 59분에 불과하지만

요." 마크도 셜록이 등장하는 영화의 짧은 상영시간을 지적하며 동의한다. 하긴 오늘날의 B급영화들도 이 정도로 상영시간이 짧은 게 보통이다.

스티븐의 의견이 이어진다. "정말 박진감 있고 스피디한 스토리텔링이죠. 영화가 시작하고 10분만 지나면 여러분은 '이제 모든 게 펼쳐졌으니 더 이상의 사건은 없다!'라고 생각할걸요."

1945년에 〈공포의 저택〉, 〈녹색 옷을 입은 여인〉, 〈알제리로의 추적〉이 제작됐고, 이듬해에 〈심야의 공포〉, 〈드레스드 투 킬〉이 제작됐다.

모두 합쳐 열네 편의 영화(그중 열두 편이 불과 5년 사이에 제작되긴 했지만)가 홈스와 왓슨을 사람들의 마음속에 진정한 우상으로 심어놓는 데 큰 역할을 했다. 시나리오에 원작의 구성요소를 교묘히 이용하거나 혹은 전혀 신경을 쓰지 않고 제멋대로 한 영화도 있었지만, 래스본과

* Lord Haw-Haw. 제2차 세계대전 중 독일에서 영국으로 선전방송을 한 윌리엄 조이스의 별명.

브루스가 홈스와 왓슨이라는 중심구도는 많은 이들의 심금을 울렸다. 사실 전 세계적으로 〈셜록〉에 대한 비평이 긍정적인 까닭은 53년이 지난 후에 방영된 첫 번째 TV 시리즈의 반응 위에 래스본과 브루스의 유령이 어른거리고 있어서라고 짐작된다.

마크의 설명을 들어보자 "〈셜록〉이 현대를 배경으로 한 점에 관해 크게 불만을 늘어놓은 비평이 있었죠. 이렇게 지적했더군요. '이건 셜록 홈스를 올바르게 제시하지 못한다. 그는 빅토리아 시대의 사람이어야 한다. 바실 래스본이 나오는 영화들을 똑똑히 봐라!' 하마터면 그 사람에게 '그래, 너 잘났다.'라는 이메일을 보낼 뻔했다니까요. 래스본이 나오는 영화 열네 편 중 두 편만 빅토리아 시대를 배경으로 했는데 그런 말을 하다니… 다행히 누군가가 나보다 먼저 그런 시도를 했던 거죠!"

사생활 1970년에 상영된 〈셜록 홈스의 사생활〉은 다소 문제가 있는 작품이지만 마니아들에게는 호평을 받는 컬트 클래식이 됐다.

1950년대부터 미국의 영화사들은 관객들을 TV화면에서 떼어내 영화관으로 끌어들이려고 기를 썼다. 그중 한 가지 방법이 로드쇼roadshow인데, 영화 중간에 휴식 시간을 가질 정도로 유별나게 긴 상영시간을 가진 영화를 선택된 극장에서만 상영하는 방식이었다. 물론 나중에 전국적으로 확대 개봉할 때는 적당히 가위질한 편집본을 틀었다. 칼과 샌들 시대를 다루는 고전 〈벤허〉(1958)와 〈스파르타쿠스〉(1960)부터 기관단총이 뻔질나게 등장하는 〈독수리요새〉(1968), 두뇌를 맹렬히 훈련시키는 스탠리 큐브릭의 〈2001 스페이스 오디세이〉(1968)를 아우르는 이런 대작들은 큼지막한 와이드스크린으로 시각적인 황홀경을 제공하고, 보다 좋은 품질의 스테레오 사운드트랙으로 감동을 자아내는 이점을 누렸다. 빌리 와일더가 감독한 〈셜록 홈스의 사생활〉도 그 시대의 대작들과 같은 이점을 노리고 상영될 예정이었지만, 비슷한 시기에 막대한 돈을 쏟아붓고도 연속으로 실패한 영화사의 소극적인 태도와 감독 자신의 환멸 때문에 상당히 많은 부분이 잘려 나갔다.

와일더는 1940년대에 〈이중 배상〉(1944)과 〈선셋 대로〉(1950) 같은 필름누아르의 감독으로 경력을 쌓았다. 그리고 빼어난 〈뜨거운 것이 좋아〉(1959)를 포함한 일련의 코미디영화들을 성공시키면서 일약 유명해졌다. 하지만 불행히도 1960년대 후반에 이르러서는 와일더의 명성에 금이 가고 있었고, 그가 만든 홈스 영화가 실패함에 따라 명성을 되찾을 기회를 영영 놓치고 말았다.

〈셜록 홈스의 사생활〉은 로버트 스티븐스가 홈스 역을, 콜린 블레이클리가 왓슨 역을 맡았다.

원래 네 개의 각각 다른 이야기를 포함시킬 예정이었으나, 최종판에는 두 개의 이야기로 줄어들었다. 그 중 하나는 호감을 갖고 접근하는 러시아 발레리나의 구애를 물리치기 위해 홈스가 자신과 왓슨의 관계를

빌리 와일더의 영화에서 홈스와 왓슨을 맡은 로버트 스티븐스와 콜린 블레이클리

셜록에게 영감을 주는 마이크로프트 역의 크리스토퍼 리

연인이라고 주장하는 가벼운 내용이고, 다른 하나는 스파이와 잠수함과 네스 호湖를 아우르는 한 소년의 모험담이다.

홈스가 대학시절에 겪은 사건과 별도의 도입부, 위아래가 뒤바뀐 방에서의 괴기스런 살인 사건 등과 같은 여분의 장면들은 잘려 나갔지만, 몇몇 장면들은 판매용 비디오에서 보너스 영상으로 살아남기도 했다. 영화관에서 상영된 버전은 간신히 두 시간을 채운 분량으로, 지금 남아 있는 유일한 것이다. 꼭 알아둬야 할 점은 영화사가 아니라 와일더 자신이 필름을 잘라냈다는 것이다. 그는 애초에 의도했던 세 시간짜리 영화의 성공 가능성을 확신할 수 없자, 영화사 간부들의 간섭을 묵살하고 스스로 이런 결정을 내린 것이다.

이 영화가 우리의 탐정에 대해 좀 모호한 인상을 주고 있긴 하지만 셜록 홈스의 팬들 사이에서는 오랫동안 마니아층을 형성했다. 래스본이 주연한 이전의 영화들과 같이 와일더의 이 작품도 두 주인공의 핵심을 찌르고 있고, 〈셜록〉을 제작하는 데 크나큰 영향을 미쳤다.

마크 게이티스도 그 점을 인정한다. "우리가 그린 마이크로프트는 도일이 생각한 그런 사람이 아니에요. 빌리 와일더가 생각한 사람에 가깝죠."

원작에서 마이크로프트는 엄청나게 뚱뚱한 사람으로

묘사됐지만, 크리스토퍼 리가 연기하는 와일더의 작품에서는 마른 몸매에 권모술수에 능한 인물로 표현된다. 도일의 원작에서는 '런던의 어떤 클럽에도 들어갈 수 없는 비사교적인 남성들'을 수용하기 위해 마이크로프트가 설립한 디오게네스 클럽은 단지 영국 비밀정보부의 정문에 불과할 따름이다.

"기막힌 아이디어잖아요?" 스티븐 모팻은 무척이나 즐거워한다. 셜록 홈스를 주인공으로 하는 모방 작품의 작가들이 이 부분을 가장 즐겨 차용하고 있다.

"와일더의 작품은 굉장히 우울한 영화예요. 원작을 익살맞게 비틀어 불손하긴 하지만 그래도 어떤 면에서는 제대로 공경하는 자세를 보이죠." 마크의 말이다.

아쉽게도 〈셜록 홈스의 사생활〉은 흥행에 실패했다. 지금은 홈비디오로 근근이 생명을 이어가며 큰 화면에서 홈스가 활약하는 장면을 볼 수 있는 가장 뛰어난 작품의 하나로 자주 언급되고 있다.

사랑의 노동 The Labour of Love 여러 해 동안 많은 배우들이 홈스와 왓슨을 연기했지만, 그들의 이미지는 거의 언제나 바실 래스본과 나이젤 브루스에 연계되어 있었다. 1984년에 이르러 ITV의 그라나다 텔레비전이 완전히 새로운 홈스 시리즈를 제작하면서 변화가 생기기 시작했다. 제레미 브렛이 홈스 역으로 캐스팅됐고, 브렛은 그렇지 않아도 시청자들을 끌어들이는 역할을 열정과 결단력을 가지고 연기했다. 홈스를 가장 뛰어나고 정확하게 표현하겠다고 결심(오만해서가 아니라 강박관념에 사로잡혀 있었다)한 브렛은 홈스에 대해 지나치다 싶을 정도로 자료를 수집했고, 늘 건전하지는 않았던 괴짜의 삶을 답습했다.

연기자 로버트 스티븐스는 브렛의 오랜 친구였다. 브렛의 정신 상태를 잘 알고 있고, 〈셜록 홈스의 사생활〉에 주연으로 출연한 경험이 있던 스티븐스는 브렛이 홈스 역할을 맡지 않게 하려고 무척 애를 썼다.

"홈스 역할이 날 죽이지 않아서 정말 다행이었네." 그는 브렛에게 이런 말까지 했다. "그 사내의 내면으로 파고드는 함정에 빠지면 자넨 자멸하고 말걸세."

브렛은 1986년에 조울증이라는 진단을 받았고, 수년간 홈스의 역할에 빠져 지내면서 증세는 더욱 심해졌다. 점점 심해지는 조울증에 대한 처방으로 리튬 알약을 처방받았는데, 이것이 체액잔류 현상을 초래해 머리를 흐리멍덩하게 만들고 심장에 손상을 줬다. 브렛은 담배 소비라는 측면에서 자신이 연기하는 홈스와 호적수라 할 만했다. 기사에 의하면 하루에 60개비 이상을 피웠다고 한다. 그의 여러 가지 심각한 기행은 계속되는데, 자택에서 멀지 않은 클래팜 공원에서 맨발로 습격을 받아 피를 뚝뚝 흘리면서도 상상 속의 어떤 인물

홈스와 왓슨 역을 맡은 제레미 브렛과 데이비드 버크

10년 동안 셜록 홈스의 역할에 푹 빠져 살았던 제레미 브렛

과의 대화에 몰두하고 있는 모습이 발견된 것으로 정점을 찍었다.

"난 죽어라 노력하고 있어." 브렛은 훗날 애인이었던 린다 프리처드에게 이렇게 말했다. "홈스를 떨쳐버리려고 피나는 노력을 하고 있지만, 그는 요즘도 날 쫓아다니며 괴롭히는 것 같아."

어쩌면 로버트 스티븐스의 말이 맞았는지도 모른다. 시리즈의 끝이 다가올수록 브렛은 대본을 읽는 것도 힘들어 했고, 지속적으로 린다의 간호를 받았다. 여전히 자신이 맡은 역할에 최선을 다한다는 철칙을 가지고 있었지만, 마지막으로 촬영한 시리즈의 한 편에서는 연기를 할 형편이 되지 못해 마이크로프트 역의 찰스 그레이가 거의 모든 수사를 이끌어야만 했다.

그러나 악화된 브렛의 건강이 원체 잘나가던 시리즈에 그림자를 던져서는 안 될 일이었다. 존 왓슨 역은 원래 데이비드 버크가 연기했지만, 두 번째 시리즈가 끝난 후부터는 에드워드 하드윅에게 넘어갔다. 브렛과 하드윅은 아서 코난 도일의 주인공 역할에 또 하나의 이정표를 제공하며 뚜렷하게 자신들의 이미지를 확립한 배우가 됐지만, 브렛 자신은 그 말에 동의하지 않았다.

브렛은 1995년, 시리즈의 마지막 홍보 투어를 다니던 도중 이렇게 말했다. "나한테는 바실 래스본이야말로 바로 그 사람이지." 브렛은 그 시점에 이르러서는 아예 주인공의 이름 자체를 언급하지 않았다.

브렛의 홈스 시리즈는 총 36편의 50분짜리 극화와 영화 상영시간과 맞먹는 5편의 특별편을 남기고 1994년에 막을 내렸다. 브렛은 다음 해에 세상을 떠났다.

기헨바흐 폭포
(eichenbach Fall)

내가 각종 증거와 쪽지, 신문 스크랩들을
모아 늘어놓기 시작한 이유는
무척 자랑스러웠기 때문이다.
내가 함께했던 게 자랑스러웠다.
휘갈겨 쓴 글이든 신문쪼가리든
세세한 것 하나하나에 책임이 있는 사람과
알고 지냈다는 사실이 자랑스러웠다.
속으로는 그것들이 날 도와줄지도 모른다고,
뭔가가 이뤄질지도 모른다고 생각했다.
그것들을 잘 모아놓으면 뭔가 그럴듯한 것이,
책 같은 게 만들어지리라고 생각했다.

그가 찬성하지 않을 거라는 건 알고 있었다.
그는 각각의 페이지에 자신의 의견을
분명히 밝혔다. 하지만, 글쎄…
그게 모두 진심이 아닐 수도 있다.
그가 겉으로 드러낸 것만큼 싫어하지
않았을 수도 있다. 그가 언제나 좋아했던
한 가지 일이 있다면 남의 주목을
받는 것이었다.

하지만 난 그게 책이라고는 생각하지 않는다.
절대 그럴 리가 없다.

이러한 정보의 파편들은 지나온
삶의 조각들이며, 내가 평생 알고 지낸
사람들 중에서 가장 비범한 사람과 함께한
시간으로 들어가는 창문이다.
나의 친구, 최고의 친구인 셜록 홈스!

이것들은 하나의 연대기이다.

그리고 묘비명이다.
그가 추락하게 된 서곡이 되는 기록들이다.

우리의 마지막 사건이다.

라이헨바흐 폭포

내가 셜록에게 언론에 조금 덜 등장하는 게 좋겠다고 충고했던 즈음, 이 모든 일이 시작되었다.
터너의 명화 '라이헨바흐 폭포'의 회수에 성공한 이후로 우린 너무 많은 주목을 받고 있었다.
그리고 언론이 등을 돌리는 것은 시간문제였다.
기자들이란 사람을 높이 치켜세웠다가 사다리를 치워버리는 일을
서슴지 않고 하기 때문이다.

모리아티가 등장한 것은 바로 그때였다.

셜록을 데려와

세기의 범죄?

에일린 히키(범죄 담당 기자)

어떻게 동일한 사람(제임스 모리아티)에 의해 런던탑과 펜튼빌 교도소와 중앙은행이 같은 시간에 침입을 당했는지 의회에서 질문이 쏟아졌다.

어려운 사건이 있을 때마다 런던 경시청에 자문을 제공해온 탐정 셜록 홈스 씨가 이번에도 가장 대담한 범죄의 해결을 위해 초청됐다는 확인되지 않은 소문이 떠돌고 있다.

런던 경시청

모리아티의 수사에 '온 국민의 사랑을 받는 탐정'의 도움을 요청하다

자넷 오웬

홈스 코난 도일의 소설 속에나 등장할 법한 이야기지만, 셜록 홈스 씨가 '짐' 모리아티의 재판에 전문가 증인으로 참석한다는 사실이 어제 밝혀졌다. 다수의 평론가들이 세기의 재판으로 묘사하는 이번 사건은 블록버스터 영화의 요소를 모두 가지고 있다. 왕실과 런던 경시청, 돈과 탐욕의 세상뿐만 아니라 철창에서 빠져나와 누렸던 15분의 자유시간 동안 마음껏 복수를 감행한 '최하층'의 죄수들까지 총망라되어 있는 것이다. 이번 사건은 온갖 아이러니와 흥밋거리로 넘쳐나지만, 어쩌면 사회의 심장부에 깊숙이 자리 잡은 불안감을 반영하고 있는지도 모른다.

별로 말이 없는 홈스 씨는 사건에 어떻게 개입

라이헨바흐 폭포

사람들의 눈이 많은 곳에서는 절대로 뽐내지 말라고 내가 그렇게 충고했음에도,
증인석에 오른 셜록의 모습은 전혀 충고를 따르려는 기색이 아니었다.

하지만 그게 뭐 그리 놀라운 일은 아니고, 어쨌든 유죄로 판결이 날 게 분명했다.
모리아티는 자신의 무죄를 증명할 증거를 단 한 가지도 제출하지 못했으니...

전문가증인, 법정모욕죄로 피소

오늘. 모리아티 재판에 전문가 증인으로 출석한
명탐정 셜록 홈스 씨가 재판장에게 대들다가 원
고 측 증인이 아닌 피고인이 되어버렸다!
　피고인에 대해 설명해달라는 요청을 받았을
때 홈스 씨는 이렇게 말했다. "제임스 모리아티
는 절대로 인간이 아니다. 거미라 할 수 있다. 수
천 가닥의 줄로 된 집, 범죄의 집을 치고 그 한가

지 정확히 알고 있는 거미이다."
　뒤이어 홈스 씨는 재판장의 질책을 받으면서
도 검사에게 제대로 질문하라고 훈계했고, 존경
하는 배심원 중 몇몇이 침실에서 벌이는 행각들
을 눈살이 절로 찌푸려질 정도로 자세히 묘사하
며, 그들이 어떻게 법원서기인 라이오넬 포레스
터 씨와 관련이 있는지를 설명했다.

모리아티는 마지막으로 셜록을 찾아와 전국에서 가장 보안이 확실한 건물 세 곳을
동시에 침입할 수 있게 해준 기술을 소유하고 있다고 자랑스럽게 떠들어댔다.
녀석은 컴퓨터 코드 두어 줄로 이루어진 만능 열쇠를 가지고 있었다.
결국 모리아티가 마음만 먹으면 문을 열거나 은행잔고를 비우거나
미사일을 발사하거나 뭐든 마음대로 할 수 있다는 의미였다!

하지만 녀석이 정말로 하고 싶었던 일은 셜록을 무너뜨리는 것이었다.

모리아티,
무죄로 풀려나다

중앙형사법원의
의 파결

30p

셜록: 충격적인 진실

(가까운 친구 리처드 브룩이 모든 걸 털어놓다)
오늘. 수많은 팬들을 충격에 빠뜨릴 폭
로에 의해 슈퍼 명탐정 셜록 홈스가 사
기꾼임이 드러났다.

현재 실직 중인 배우 리처드 브룩은
자신이 홈스가 '평균 이상의 탐정 능력'
이 있다고 영국 국민을 속이는 정교한

독점보도

키티 라일리가 전하는 특종

사기극을 벌이기 위해 홈스에게 고용된
사실을 〈선〉에 독점으로 털어놨다.

홈스를 수십 년간 알고 지냈고 지금도
가까운 친구로 여기고 있는 브룩은. 처
음에는 홈스가 정말 돈이 필요해서긴가

10p DA

라이헨바흐 폭포

신문에 대서특필된 비난으로는 충분하지 않았던지, 마이크로프트는
우리의 새로운 이웃 몇 사람에 대해 내게 경고해줬다.

술레이마니,
알바니아 암살단 단원이며 ——
현재 두 집 건너에 살고 있다.

루드밀라 디야첸코,
—— 러시아 킬러로, 길 맞은편 플랫에 살
고 있다.

스테판 트리벡,
동유럽 암살자이며
베이커 가 끝자락의 ——
컴퓨터 수리점에서
일하기 시작했다.

하우메 가우스,
—— 볼리비아 저격수로 길 맞은편의 플랫
꼭대기를 임대 중이다.

마이크로프트는 셜록에게 나쁜 일이
생기지 않도록, 동생의 안전에
주의를 기울여달라고 부탁했다.
난 그러려고 노력했다.

베이커 가로 돌아온 나는 왁스로 봉인한 자그마한 갈색 봉투를
발견했다. 안에는 빵부스러기밖에 들어 있지 않았다.
아무리 머리를 굴려도 무슨 의미인지 이해할 수 없었고,
셜록에게 채 물어보기도 전에 레스트레이드의 재촉을 받아
다른 사건을 수사해야 했다.
세인트 올데이츠 초등학교에서 발생한 유괴 사건이었다.

일곱 살과 아홉 살인 맥스와 클로데트 브릴은
주영 미국대사의 자녀들이었다.
대사가 직접 셜록에게 수사를 맡겨달라고 요청했다.

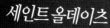

안내서

기숙학교

라이헨바흐 폭포

셜록은 먼저 소년의 방을 분석했다.
셜록은 납치되기 몇 초 전에, 문에 달린 유리창을 통해
누군가가 자신을 향해 다가오고 있다는 사실을 알아챈 소년이
뭔가 메시지를 남겨뒀을 거라고 생각했다.
법의학자 앤더슨이 호출되고, 셜록의 생각이 옳다는 게 입증됐다.

메시지는 맥스 브륄의 손에 가장 가까이 있던 물건으로 적혀 있었다.
자신의 크리켓 배트를 손질하려고 준비해둔 아마씨유(linseed oil)였다.

소년은 일부러 기름을 밟아 자신과 누나가 어떻게 복도로 끌려 나갔는지
보여주는 짤막한 흔적을 남겼다.

살려주세요

이 납치사건 배후에 모리아티가
있다는 것을 확신한
셜록은 납치범의 신발 자국에
남아 있는 오일 샘플을
채취해 분석했다.

1. 백악질
2. 아스팔트
3. 벽돌 가루
4. 식물
5. ?????

$$H-\overset{\overset{\displaystyle H}{|}}{C}-\overset{\overset{\displaystyle H}{|}}{C}-\overset{\overset{\displaystyle H}{|}}{C}-H$$

관할 __MET__ (런던광역경찰청)
법정증거번호
기재사항 __장난감 상자__

Notes
_____
_____
_____
_____
_____

날짜/시각_____

관할 __MET__
법정증거번호
기재사항 __빵소 냄새__

날짜/시각

Notes
_____
_____
_____
_____

나는 어느 순간, 범행 현장을 찍은 사진들 중 한 장이
우리 집 현관문에 놓여 있던 봉투와 똑같다는 것을 깨달았다.

셜록은 이 봉투가 의미하는 바를 곧바로 알아차렸다.
헨젤과 그레텔이 빵부스러기를 떨어뜨리며 과자나 사탕으로 만들어진
마녀의 집으로 갔다는 동화를 떠올린 것이다.

납치범의 신발 자국에서 발견된 글리세린 분자는 셜록의 분석에서도 밝혀지지 않았던 것으로,
초콜릿을 제조할 때 사용하는 PGPR(polyglycerol polyricinoleate)이었다.

라이헨바흐 폭포

우리는 런던 내에서 납치범의 신발에서 발견된 모든 요소들이
있을 법한 어딘가를 찾아내야 했다.
지금은 조업을 중단한 사탕 제조공장일 가능성이 높았다.

셜록은 노숙자 네트워크를 총동원해 가장 가능성이 높은 곳을
찾아내도록 했다. 결국 그는 강변을 따라 폐업한 공장들이 죽 늘어선,
런던 남서부의 애들스턴을 짚어냈다.

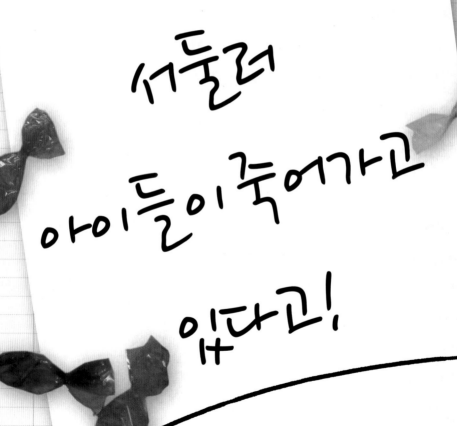

서둘러
아이들이 죽어가고
있다고!

우리는 겁에 질린 채 어둠 속에 숨어 있는 아이들을 찾아냈다.
아이들은 수은이 섞인 초콜릿 외에는 먹을 게 하나도 없는 상태로 버려져 있었다.
배가 고플수록 초콜릿을 더 많이 먹을 테고, 독물도 더 많이 흡수할 판국이었다.
만일 아이들을 발견하는 데 조금만 시간이 더 걸렸다면 모두 죽었을 것이다.

셜록은 클로데트 브륄에게 몇 가지 질문을 던지려 했지만,
클로데트는 셜록을 보자마자 비명을 지르기 시작했다.
런던 경시청이 셜록을 의심하도록 만든 절묘한 솜씨로 보아 모리아티가 개입한 게 틀림없었다.

레스트레이드는 경찰 내에서 늘상 홀로 셜록을 지지해왔다.
하지만 다른 경찰들은 셜록을 좋아하지 않았다. 참고 견뎌주기는 했지만.
그들은 이제 셜록이 납치범일 가능성에 대해 조사하기 시작했다.

셜록은 내게 다음에 오는 택시를 타고 따라오라고 하고는
베이커 가로 돌아갔다.
내가 언제 뒤따르지 않은 적이 있었던가?
난 무슨 일이 벌어졌는지 보지 못했지만,
셜록이 조금 전 상황을 설명해줬다.
차 한 대가 자신을 칠 뻔했는데,
어떤 남자가 차도 밖으로 자신을 끌어내줬다는 것이다.
그 남자는 곧 몸을 숨긴 저격수에게 피살되었다.

나는 마이크로프트가 보여준 사진을 통해
셜록의 구원자가 누군지 알아차렸다.
알바니아인 술레이마너였다.

셜록은 암살자들이 자신을 해치기 위해서가
아니라 보호하기 위해 이곳에 있다는 사실을
즉시 알아차렸다.
셜록이 그들 모두가 원하는 뭔가를
가지고 있는 게 분명했다.
과연 그게 뭘까?

우린 플랫을 샅샅이 뒤졌고,
셜록은 서가 한쪽에 숨겨진
카메라를 발견했다.
우린 꽤 오랫동안 감시를 받고 있었다.

라이헨바흐 폭포

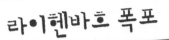

동화 속 악당 모리아티가 메시지
하나를 더 보냈다.
그때 경찰이 우리 집 현관에
들이닥쳤고 나는 결정을
내려야 했다.

Grimm's
Fairy
그림 동화집

도주 중인 천재탐정

에일린 히키 (범죄 담당 기자)

유명한 자문탐정 셜록 홈스 씨가 그동안 협력해온 경찰에 의해 오히려 수배되는 충격적인 상황이 벌어졌다.

브륄 남매의 납치 사건을 수사하던 과정에서 홈스 씨가 납치범들과 처음부터 작당했을 수도 있음을 보여주는 증거가 드러났다.

"항상 의심스럽긴 했어요." 런던 경시청 내부 관계자의 말이다. "무슨 수를 썼는지 모르지만 늘 모든 답을 알고 있는 것처럼 보였는데. 이젠 우리도 그 이유를 알죠. 처음부터 자신이 계획한 범죄들을 해결하는 일은 어렵지 않을 테니까요."

이러한 뜻밖의 사실은 타 신문에서 홈스 씨와 제임스 모리아티라는 가명을 사용해 범죄 수괴 역할

을 하도록 홈스 씨에게 고용된 리치 브룩 씨 사이의 관계를 폭로하겠다고 한 약속과 동시에 밝혀진 것이다.

폭행

경찰관들은 홈스 씨를 체포하기 위해 베이커 가에 위치한 거주지로 출동했다. 홈스 씨는 체포에 순순히 응하는 척하다가 함께 살고 있는 동료 존 왓슨과 도망쳤다. 게이일 가능성이 있는 왓슨은 체포 과정 중에 경찰청장을 폭행했다고 알려졌고, 홈스 씨는 이 젊은 의사가 인질이라고 주장했지만, 경찰은 그가 자발적으로 친구를 따라간 것으로 보고 있다.

난 결정을 내렸다.

라이헨바흐 폭포

도망치면서 우리가 맨 먼저 했던 일은 우리를 감시하기 위해 이곳으로 온 암살자들 중
하나를 신문하는 것이었다. 녀석들은 모리아티가 런던탑과 펜튼빌, 중앙은행을 침투하는 데
사용한 '만능 열쇠' 컴퓨터 코드를 탐내고 있었다. 모리아티는 우리의 플랫에 코드를 숨겼고,
'셜록을 데려와'라고 썼던 그의 메시지가 무슨 뜻인지도 분명해졌다.

그런데 모리아티는 어디에 있을까?
우린 '리처드 브룩'에 관한 특종을 작성했던 키티 라일리 기자를 추궁하기로 결정했다.

라일리를 추궁하는 도중에 자신이 브룩이라고 주장하는 남자와 마주쳤다.
그는 자신이 셜록이 만들어낸 인물일 뿐이며,
한때는 의학 드라마 〈응급실〉에서 역할을 맡았고
지금은 이런저런 역할을 전전하는 뜨내기 배우에
불과하다고 했다.

'수상 경력이 있는 배우,

리처드 브룩
이력서

richard@r-brook.co.uk
Tel: 020 7946 0749
런던 W1A 9CM
크랜스턴 힐 5번지

본인소개

키 177cm. 갈색 눈동자. 1976년 생. 정식운전면허 소지.
영국 전투액션아카데미(BADC)의 액션연기 중급 자격증. 승마.
워크숍 지도자. 단체합창무용. 스키. 테니스. 스쿠버다이빙. 컴퓨
리치는 장기간 상영된 BBC1의 의학드라마 〈응급실〉에서 영웅적
마취의사 브라이언 스톡스 역으로 유명하다.

교육

문학사	공연예술
예비과정	공연
A-level	드라마
개방대학	공연예술

출연작

- 밤으로의 긴 여로
- 뜻대로 하세요
- 위대한 유산
- 진지함의 중요성
- 오디세이

에드먼드
터치스톤
내레이터
앨지
아킬레스

- 국립극장 월드투어
- 로열 셰익스피어 컴퍼니
- 리버풀 플레이하우스
- 이븐느 아르노
- 치체스터

'응급병동에 등장한 새로운 얼굴'

'응급병동'에 새로이 투입된 브
신이 새로 맡은 고된 역할에 대
"브라이언은 실제의 나와 많이
브룩이 주장했다. "장난꾸러기
않고요. 이따금 위험을 감수히

최근소식

'새로운 세대의 햄릿'

기획에만 거의 2년이 걸렸지만 서리 주의 서비튼은 마침내 자체의 시민극장을 갖게 됐
다. 그리고 오늘 밤. 개관 기념으로 셰익스피어의 〈햄릿〉을 공연할 예정이다. BBC1에서
장기간 방영되고 있는 의학 드라마 〈응급실〉에서의 확신 있는 연기로 유명한 리치 브룩
이 감독을 맡았고, 잘 알지도 못하는 사람들을 이끌며 주역까지 해낸다…

더 읽으시려면…

모리아티는 이력서와 신문기사, DVD 등 수많은 증거를 가지고 있었다.

무엇보다도 그는 셜록의 유년시절과 성장기의 상세한 내용들을 꿰고 있었다.
셜록을 정말로 알고 지냈던 사람만이 알 수 있는 사실들.
이러니 어느 누가 모리아티를 믿지 않겠는가?

모리아티는 셜록의 이야기들을 마이크로프트를 통해 알게 됐다.

마이크로프트는 모리아티를 몇 주 동안 취조했지만 쓸모 있는 정보를 단 하나도 캐내지
못했다. 반면 모리아티는 훨씬 많은 걸 얻었던 것이다.

라이헨바흐 폭포

그리고 그게 결정타였다.
우리는 앞으로 뭘 해야 할지 감도 잡지 못한 채
세인트 바르톨로뮤 병원에 숨어 지냈다.
그러던 중 나는 런던 경시청 직원에게서
전화 한 통을 받았다.
그는 허드슨 부인이 총에 맞았고,
부인이 죽어가고 있다고 했다.
셜록이 함께 가기를 거부하기에 말다툼을 벌였다.
나는 셜록에게 절대로 하지 말았어야 할 말들을
퍼붓고 말았다. 셜록이 옳았음에도…
셜록은 항상 알고 있었다. 그 전화는 사기였고,
허드슨 부인에게는 아무 일도 없었다.

내가 병원으로 돌아왔을 때,
셜록은 옥상에 올라가 있었다.
셜록은 난간 끄트머리에 서 있었다.
그는 내 이름을 불렀다.
자신이 사기꾼이었다는 것을 내가 믿게 하려고 애썼다.
다른 사람들이 자신에 대해 말한 것들이
모두 사실이라고 주장했다.
난 그 말을 믿지 않았다. 지금도 믿을 생각이 없다.
셜록은 그런 말을 하도록 강요받았던 것이다.
그렇게 말해야만 했던 것이다.

그런 다음, 셜록은 뛰어내렸다.

난 셜록에게 너무 많은 빚을 졌다. 늘 그를 필요로 했다.
그건 지금도 마찬가지이다.

하지만 그는 가버렸다.
셜록은 언젠가 내게 이렇게 말했다.
사람들을 영웅으로 만들어서는 안 된다고.
영웅은 존재하지 않으며 만약 존재한다 하더라도
그 자신은 영웅이 되지 않을 거라고.
그 말이 증명된 셈이다.
셜록이 모든 것에 항상 옳았던 건 아니었다.

Sherlock : The Casebook

Sherlock is a Hartswood Films production for BBC Cymru Wales, co-produced by MASTERPIECE

Executive Producers: Beryl Vertue, Mark Gatiss and Stefan Moffat
Executive Producer for the BBC: Bethan Jones
Executive Producer for MASTERPIECE: Rebecca Eaton
Series Producer: Sue Vertue

Text copyright © Guy Adams 2012
All illustrations copyright © Hartswood Films except: page 29 (bottom, thumbnails), 75, 83, 134, 140, 141, 142 and 143 © Rex Features; page 48 © Oxford University Press, Penguin and Little Brown; page 50 © Geographers A-Z Map Company; page 81 © New York Public Library; page 81 (right, thumbnail) © Jonathan Cape; page 136 (top left, thumbnail) © Vintage Classics.

First published by BBC Books, an imprint of Ebury Publishing, a Random House Group Company.

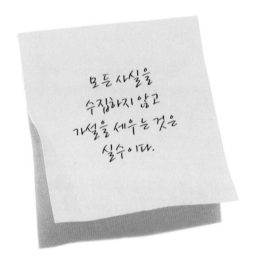

셜록 : 케이스북

엮은이 가이 애덤스 **옮긴이** 하현길 **1판 1쇄 발행** 2013년 6월 24일 **1판 7쇄 발행** 2014년 4월 11일
발행처 도서출판 비채 **발행인** 박은주 **주소** 서울특별시 종로구 북촌로 63-3
등록 2005년 12월 15일(제300-2005-212호) **주문 및 문의 전화** 031)955-3200 **팩스** 031)955-3111
편집부 전화 02)3668-3292 **팩스** 02)745-4827 **전자우편** viche@viche.co.kr

ISBN 979-11-85014-07-4 03840 책값은 뒤표지에 있습니다.

이 도서의 국립중앙도서관 출판시도서목록(CIP)은 서지정보유통지원시스템 홈페이지(http://seoji.nl.go.kr)와 국가자료공동목록 시스템(http://www.nl.go.kr/kolisnet)에서 이용하실 수 있습니다. (CIP 제어번호:CIP2013014993)